U0501461

时间的秘密花园

杨建虎 著

长江出版传媒

长江文艺出版社

杨建虎

中国作家协会会员。在《诗刊》《人民文学》《人
民日报》《文艺报》《青年文学》《十月》《星
星》《中国当代文学研究》等报刊发表诗歌、散
文、评论多篇(首)。诗歌多次获奖,入选《诗选
刊》《青年文摘》及多种文学选本。出版诗集《闪
电中的花园》《致黄河》、散文集《时光书》、散
文诗集《塞上书》等。

目　录

第一辑　渴望的旅行还未到来

如果此刻留意　003

亲爱的火车　004

渴望的旅行还未到来　005

金鸡坪　006

沙尘暴的城市　007

四月印象　008

读一本书　009

冰封的湖面　010

告别雪　011

清流　012

我是一个植物爱好者　013

相遇　014

漫游者　015

我依然偏爱的三种事物　016

红嘴鸥飞起　017

沉默的石头何时醒来　018

019　两只岩羊

020　登贺兰山记

021　每棵树活得都不容易

023　葵

025　夜晚的河水不知流向何方

026　渴念海

027　渔村的一个下午

028　双河湾

029　白土岗

030　该和谁分享落日

031　短歌行

第二辑　奔跑与抵达

039　诗歌在秋天奔跑

040　大地的窗帘

041　转身：西海固在下雪

042　告别

043　寒露之夜

044　海上日出

045　也许我们该谈谈黄昏

047　去一个岛上

048　秋天的老虎滩

050　在黑石礁看海

051　金石滩

付家庄 052

在银滩 053

野柳之野 054

向大海走去 055

岛上 056

在冬日写下一片海 057

咏梅 058

火车慢慢驶进北京 060

远望 061

蒲公英 062

致槐花 063

刮过山野的风 064

冬日札记 065

漏失与等待 066

大沟湾 067

荡起的波纹 068

初雪 069

小雪 070

雪是昨夜来的 071

晴雪 072

雪后 073

致敬 074

雨中记 075

暴雨之夜 076

抵达 077

第三辑　时间的秘境

081　鸽子山

083　磁窑堡

084　在火石寨

085　桃花的暗示

086　麦积山上

087　建盏之恋

088　落日无边江不尽

089　去一个小镇上

090　秘密之地

091　这就是我要写下的大海

093　有过多少风

094　大堰镇

095　我无法爱上这样的春天

096　从解冻的河流开始

097　钓鱼台上：与一块石头对视

098　擦亮

099　在西府老街

101　桥上

102　路过报社

103　又至原州

104　长城塬

105　牙舟陶

致星空　106

证据　108

剔除　109

香积寺　110

守住一盏灯　111

大雪之夜　112

夜行者　113

第四辑　向万物致敬

山中行　117

秋天的苜蓿地　118

蓟　119

霜降之后　120

开满鲜花的小径　122

幻象及永恒　123

果园里　124

九月　125

步行道　126

东岳望　127

秋风一直响到尽头　128

湖畔：一截废弃的铁轨　129

深秋：想念那片麦　130

想把这座城市叠起来　131

可以　132

133 我如此热爱这样的秋天

134 南湖之光

135 我喜欢的秋天慢慢走完

136 走过清水湾

137 分岔的路口

138 时光滑过的侧面

139 更深的乡愁

140 隐喻的生活

141 玉泉营葡萄小镇

142 那一夜

143 唤醒

144 小火车

145 照亮

146 回望

147 秋天就要来了吧

148 写下一片菊

149 薰衣草的秋天

150 旷野

151 从湖畔出发

152 偶感

153 向万物致敬

第五辑　尘世的消息

157 消息

残阳如血　158

2018 年的最后几日　159

冬至　160

泌尿科　161

医院里　162

2 号病房　164

偶遇　167

入冬以来　168

春天不该是这样的　170

县医院之夜：父亲和我　171

父亲哭了　173

给母亲洗头　174

来到　175

出生地　176

1994 年的自行车和沈家河　178

陪父亲回老家　179

掐苜蓿的女人　180

奶牛养殖园区　181

再还乡　182

母亲节　183

关闭　184

只有故乡还在原地等着　185

在县城　187

听从一群鸟的召唤　188

致意　189

190 雪打灯笼

191 菜市场

192 苦杏仁

193 抱回一盆花

194 烤红薯的老人

195 这一小片人间

197 留住一个梦（代后记）

第一辑

渴望的旅行还未到来

如果此刻留意

雨水持续，光线保持沉默
总有一盏灯照亮，当落满尘埃的列车驶过
谁能说出这世间，还有多少开花的地方
如果此刻留意，窗外的雨点欢快
街道欢快。雪绒巷内
知情者，可推杯换盏
将片片新绿献给觉悟的春天

雨中的海棠很美，翠竹亦是
余下的时光，可以整理一度纷乱的思绪
整理你的叙述及一些沉默的语言
在闪光的花瓣和静默的茶水之间
我愿做一个有觉悟的人
想把心灵交给山水
也将目送繁花和柳絮
飘零人间

亲爱的火车

窗外，黄河一闪而过
风吹过田野，麦苗青青
火车穿越银川平原，阳光初照
槐树开花，榆钱垂挂，大地丰饶
一个春天在冷风中哆嗦
我将被带到空茫的远方

亲爱的火车，一切都被抛在身后
请原谅我的仓促
下一秒不知会发生什么
我清楚无法真正靠近你
城市的远端，河流穿过平原
当我回望，一座浮尘之城
留下暧昧的身影

该目送葱茏的平原渐渐远去
火车穿过戈壁，沙漠，高山
以及春天的诸多隐喻
唯有前面的风景
指认着不断变幻的方向

渴望的旅行还未到来

贺兰山下的城市，有我被困已久的腰身
低下去的姿势，无法挽住一缕流云的奔跑
时间的缝隙里，有被征服的向往
也有诗的时光书，一再展开

平静的屋顶上，蓝天敞亮
春天到来之际，我们的相约好似月亮
那些转向梦中的栈道，铺满了等待的落叶
还有花朵和流水

渴望的旅行还未到来
在低处，在云端
都有我们不懂的山河和大海
一再转身而去

金鸡坪

在金鸡坪，层层梯田围绕而来
山塬从不言语，只有满野的杏花桃花
替久久等待的人
兑现昔日的诺言

面对不断压来的阴云
我不怨，也不恨
这是花朵的领地。人间的春天
有期望，也有幻灭

在金鸡坪，不计其数的花儿
应该有千亩或万亩
我在一棵树下站立
望不尽的山野里，云雾涌动

沙尘暴的城市

三月将尽，一场一场沙尘暴
席卷黄河岸边的城市。这无常的尘世
似乎无法被治愈。风沙漫漫
带来时间的动荡。万物于茫然中哭泣
这样的春天，初开的花朵遭受玷污
一颗云水之心，亦被尘埃蒙蔽

苍茫。绝望。模糊天空下只有风的回声
我和这个春天隔着深深的地狱
城市在沙尘中颤抖。树和天空界限不明
干燥而充满呛味的空气中，一声声闷响的喷嚏
无法把我从伤感中提起

阴郁的日子里，我是一只被困的羊
深居圈舍，似将失去咩咩而叫的冲动
何时才能走向——
淋雨的山坡和青草

四月印象

四月，一场薄雪悄然来临
沙尘暴渐渐离去，黄河岸边的城市
在清冷中颤抖。太阳藏起温暖的身影
我赞美这些初开的花朵和萌动的青草
蜿蜒伸展的贺兰山极力阻挡漫漫沙尘
这些桃花、梨花、海棠，历经风雪
仍然绽放灿烂的笑容

四月，我从故乡归来
有爱怜之心，亦有宽容之态
在沙尘暴的城市
把另一个自己从鼻炎中唤醒
在一片丁香花的清香中
慢慢走向更深的境地

我反复歌唱过的四月啊
苜蓿疯长，野花开放
原野有了自身的芬芳
还有什么能阻止一颗凡尘之心
对世间更多的向往和赞美

读一本书

在深夜，读一本书
像一个寻光的人。灵魂还未睡去
在风暴平息的夜里，席卷我的是
又一次失眠。高原的春天尚未到来
漫游者，在孤单的居所
想象未来的日子

突如其来的忧伤。月亮隐去
窗外的树，在黑暗中移动
这是二月，雪未落下
灰暗的城市天空，缺少星辰和月光
这时候，我更想念
故乡的牛圈、灯火和麦场

也可想象，炉火旁的爱情
那些隐忍的火焰，黑色的炭
唤醒我的是
对生命的另一种向往

冰封的湖面

我住在冰封的湖边，已经很久
虽已立春，但天空依然苍茫
树木依然萧瑟
我喜爱的事物还未出现

陷入尘世的巨大旋涡中
一天堪比一年。风比梦冷
不见蝴蝶和花朵
生活不再敞开
如冰封的湖面一样

告别雪

告别雪，这白茫茫的世界
终将被绿色替代

从西海固山地到银川平原
我常常赞美一场大雪
从古雁岭到典农河
我爱雪，好多年了
当时间磨损激情
总有一些雪，抚慰山野和公园
当身心疲惫不堪，我喜欢眺望远处的雪
想念大雪笼罩的屋舍、栅栏和灯火
都将成为记忆中最温暖的场景

告别雪，西北的三月
不会有渡船的悲伤，气温缓慢上升
大自然将复活一个世界
而我将继续上路，从渐逝的雪地出发
我将走向——
另一条未知的道路

清　流

酷夏来临。但沙尘又至
我不能轻易评论这样的天气
在曾经居住过的阅海边
听声声鸟鸣，穿过闷热的空气
迷茫的水面之上，点缀细碎的荷花

凉亭居于水中央，木廊延伸至此
可眺望远山，那些坚硬的石头
构成古老的秩序。那些飘零之日
恍若近在眼前。还好坚持了下来
于无穷之处，找到明灭的灯火
在这混沌的人世，还有一泓清流
不断冲向理想的远方

我是一个植物爱好者

而我喜欢的是：大地上众多的草木花朵
这些染上阳光和风尘的植物
它们的语言常常被风翻译
它们的绽放抑或衰落被我用心关注

是啊，我的紫丁香还站在青春的校园
在四月，一场梦刚刚醒来
荒原复苏，清亮的露水打湿萌动的花叶
这些怯怯的歌唱
把我留在永恒的故乡

当然也爱：秋天的野菊花
开满山坡，仿佛洞悉全部的忧伤
还有那些忍冬，迎雪怒放
由白而黄，最终落于我的茶杯
成为能够继续品味的水草

是啊，在世间，爱万物，更爱植物
这是我倾其一生要追求的自然本性
当心灵的书卷翻起
原野上尽是细微的光芒
打向拥我而来的绿植和花朵

相　遇

当你走来，在大雪过后的城市
带着太阳、火焰以及青春的激情
当隐秘的风暴袭来
在荒芜的疆域
我们苛求燃烧。世界与大地之中
野草在风中抖动，它们隐忍地活着
于寒冷的冬日，我将点燃一盏灯
当夜晚来临，我们一起关闭门窗
把寒星挡在外面的天空
而我将拥有你，在疲惫的奔波之后
我们的身体，被一束灯光照亮
像一束阳光照进窗户
我就这样细细地听
刚刚到来的夜晚无穷大
在黑夜的旷野上
我们一起爱上这世界的全部
当岁月盲从于冬日的苍茫
我们相遇，共同围着生命之火取暖
一生一世的路途中，我将珍藏
这动人的风景，在积雪醒来之际
让我们一起，披着月光和寒星
一步一步，走向生命的远方

漫游者

沿着茹河岸边的彩色步行道
我承认，我是一个漫游者
在即将来临的暮色里
我一边行走，一边眺望
傍晚的县城和刚刚燃起的灯火

河水在身边喁喁私语
多年以前，也是这样
伴着一个少年一路走来
那些经历过的清晨和黄昏
都将被记录于内心的卷册

如今，一个中年男人
一个落魄的返乡者，仍以清澈的目光
打量周围和身边。漏洞百出的生活
潦草不堪的日子
都将随亲爱的河水
顺流而去

我依然偏爱的三种事物

榆钱，丁香，垂柳
我依然偏爱的三种事物
在春天，总会不期而遇

榆钱代表乡愁，于郊外的河边
随风扩散，的确教会了我
怎样回忆童年和故乡

丁香代表爱情，并不俗气
飘荡在春日湖畔
留下迷人的倒影和清香

而垂柳，萦绕离愁别绪
容易使我想到诗经中的句子——
昔我往矣，杨柳依依
今我来思，雨雪霏霏

红嘴鸥飞起

一群红嘴鸥飞起
带着清晨的光芒，一群红嘴鸥
它们拍打着翅膀，一起掠过
幽蓝的湖面

春天的迷宫里，红嘴鸥的翅翼留下影子
城市的噪音在此遁去
一群红嘴鸥，一起飞过一对老人的视线
春日湖畔，迎春花和山桃花竞相绽放
明亮的光线中，我的遐想无限放大

一群红嘴鸥敲响一个季节的门
城市的边缘，湖泊与湖泊相恋
地平线上闪动着
它们绝美的身姿

沉默的石头何时醒来

贺兰山下，石头沉睡
石头遍布四野，犹如迷宫
我们一起摸索前行
在石头的梦境里寻找出路

行进于幽长峡谷
恍如为自己定制了时间
仿佛一场旅行，在夏天
石头的身上，积攒了太多的阳光

贺兰山上，石头与石头相拥
大风，伴着雷雨而来
气温骤降，石头与石头抱得更紧
唯有风雨，还在呼唤
沉默的石头何时醒来

两只岩羊

在贺兰山中，石头与石头对峙的峡谷里
车子缓缓爬行
一如黑色的蚂蚁

透过车窗，忽然看到
两只灰色的岩羊
一只小羊，正将嘴巴伸向母亲的乳头
如一幅油画，定格于苍茫的山中

两个灰色的精灵
比石头的颜色略深一些
它们以亲昵的方式
在寂寞的山谷
向尘世表达了
最真最深的爱

登贺兰山记

五月的阳光还不算猛烈
贺兰山下，绿树和岩石相映
蓝天、白云、大地，伴着清脆的鸟鸣
让我理解了片刻的安静

进入山中，岩石开始变得狰狞
树木稀少，峡谷喘息
乌云从天空不断压来
爆出雷鸣和闪电

群峰似乎要瓦解
狭长的道路，变得怯懦
不久大雨来临，夹杂着冰雹
从空中砸来

贺兰山巅，乌云似骏马奔腾
我和两个守山的人
躲进低矮的木屋
一起守望。窗外
宁夏和内蒙古的白色界碑
被风雨淹没

每棵树活得都不容易

秋日郊外，我喜欢树的集结
一棵棵知名或不知名的树
披着缤纷的叶片
我更愿意，透过银杏树燃烧的金黄
洞察时间洒下的光

多年以前，我们曾在山中植树
挑着水桶，抱着树苗
挖坑，栽种，培土
最终会转过身去，和新栽的树木告别
把它们扔在荒凉的山野
一棵棵树，便在生死之间
顶风冒雨，开始了短暂或漫长的挣扎

秋天最后的日子里
终于可以走出屋子
暂时避开内心的慌乱
一个人，去河边漫步
和一棵棵长大的树木握手言和
我知道，每一棵树
与人一样，在茫茫尘世

活得都不容易

当风吹过，稍不留神
一片片掉落的叶子
都会打疼
从树下孤身走过的我

葵

九月，贺兰山下
我要画下一片片葵花
一片片燃烧的金黄色
就是这个秋天
最温暖的色彩

当一只只蜜蜂飞舞
无边的葵花中央
天空的使者，留下最后的蜜
田野、房屋、骑行者
都在迷人的画面中闪现

画下一片片葵花
成熟者，低下头颅
幼小者，还在睁眼
辨认着大地和天空

秋天的原野上
满目的葵花，向阳而开
通向葵地的弯曲小径中
溢满了农人踏实的脚步

当天空舒展，片片流云
投下更为广阔的微笑

夜晚的河水不知流向何方

透过花朵，从桥上看下去
河水不急不缓
只是向前
流啊流

岸边灯光闪烁，照亮
青青黄黄的叶片
透过桥头，还能看见
夜色中匆匆行走的人

多彩的词语，在灯光映射的河上
闪耀。每一个秋天
我都会返回故乡
伫立桥头，一个人默想
夜晚的河水不知流向何方

渴念海

热浪滚滚的一天，忽然渴念海
一个从黄土高原走来的人
常常心怀大海。当落日渐渐沉没
这一刻，更想眺望大海的暮色
收拢不断退下的潮水

在这广阔的人间，我曾失败于很多事物
漫漫海滩，是我向往的自由之地
当黑夜来临，我想可以静下来
回味白日的燥热和惶恐
幻想当月亮慢慢升起
充满秘密的海水
还将继续拍打——
咸涩的时间之岸

渔村的一个下午

在渔村，一个人蹲在池塘边
想象自己像一条鱼游啊游
山水无言，一个中年男人
把自己放得很低

当池塘闭上眼睛
四周的鲜花汹涌开放
我在薄荷翠绿叶片的掩映下
用一生修炼安静。光阴如水
此刻，目光映射在蓝天与碧水的镜子里
时间停留在果实成熟的光泽里

双河湾

在双河湾，两条河流在此交集、融合
一条来自石头崾岘
一条来自电洼水库
两条不断奔涌的河流，因地势和走向
就此达成深深的和解

我在初春的河边散步，看交汇的河流不断壮大
岸边的村庄早已消失，变成医院和学校
曾经的独木桥，搭在记忆的河上
万物即将萌发的季节，一只只水鸟鸣叫
试图唤醒众多沉寂的日子

在双河湾，侄儿的新居已经落成
凭窗，可眺望弯曲流淌的河水
亦可望见，我少年时读书或玩耍的小岛
小岛被河水环绕，跨过盘旋的木桥
即可抹去乡愁的缕缕疤痕

白土岗

曾经的一座城
停止了喧哗与骚动
伫立于白土岗烽火墩下
我对这座黄土筑就的坚实烽台
有了更多的想象

垛墙，火坑，旷野
毁坏了的，已无法挽回
残留的土墙一边
蒿草呜咽。秋天的风
似乎还在传递
战争的消息

烽堠之上，曾经狼烟直上云霄
烽堠之下，荒草寂寂
天空高远而湛蓝
一个个奶牛养殖园区
点缀于戈壁大漠之上

该和谁分享落日

冬日黄昏，城市上空的落日
处于凝固状态。独自穿过街心广场
巨大的虚妄之中，苍老的树木沉默不语
努力顶向天空的云层
一只鸟在枝头孤单鸣叫，似在唤醒
钢筋混凝土筑就的人间居所

该和谁分享落日——
苍苍者天，茫茫大地
唯有一些冰冷透亮的小黑石头
散落在广场的一角
试图反射落日的最后光辉

在这空旷苍凉之地
突然有些伤感
这无法精确描绘的心境
随着落日，即将跌入
不远处连绵的群山之中

短歌行

1

坐火车经过平原。秋天的原野
满是金黄的色彩。红红的苹果挂满枝头
庄稼已经收割。遥远的地平线上
黄昏之光铺展而来
这不是虚构的场景。而是另一场梦境
悄悄降临

2

可以关掉灯，让城市的夜色通过窗户
投射而来。可以忘掉你
年月的流逝当中
我们都曾梦游
斑驳的田野之上
可曾留下悔恨的记忆

3

塞上暮秋，阳光喂饱金黄
站在一棵披满黄叶的树下
望金色的远方
贺兰山黛色的山体仍在延伸
石块沉默。几个踢毽子的女人
浑然不知，穿过树梢的光线铺展而来
身旁发黄的树叶
在风中凌乱飘落

4

可容纳黄金的舞蹈！当清风吹过
时光慢悠的午后，可头顶金色光线
穿过一座城的空旷，身陷初冬的想象
这阳光、蓝天和树叶的搭配
像极了，写给你的
一封旧书信

5

如已经落下的叶子
经风吹过，已经剔除了体内

众多的油脂和残渣

这时候，仰望还挂在树梢的月亮

多么幸运，正在畅饮蓝天

没有造作的姿态和灵魂的喧响

6

其实一个人的时候

我会望着这些金黄的叶子发呆

树木安详，在秋天

我已摈除了戒律和凡俗

只愿享受短暂的自由和单纯的向往

这是命运留在午后的简单幸福

7

这红叶，在细雨中

洞悉晚秋的喜悦

就像在我身后，有湖水微荡

那是风，掠过远古时代

留下歌声的森林

以及岁月轻轻的叹息

8

像一杯红酒一样站立桌面
深夜，我在沉醉中试图滑翔
远处的雪，还未到来
天空的裂缝之中
闪电袭来，亲爱的
此刻我已远离欢爱许久

9

退回到生活的一边
不再热衷于舞弄轻浮的词语
也该继续拆除旧有的营帐
幽暗的世界中
只愿守住最后一盏油灯
它是如雾生命中最初的向往

10

离家太久，怀揣愧疚与不安
亦如风暴过后，巨大的波涛涌来
不断起伏的水面上
有从故乡飘来的柴火和庄稼

也有母亲的担心和不安
让远方粗心的孩子，泪流满面

11

把生活当作梦境
不管怎样，我已经来过
在春天，读过很多诗篇
大地上的行走，已使我变得
更加敞亮。现在恰遇深秋时节
有谁与我分享，途中的所有秘密

12

秋渐深。偶尔有风吹过
月季花开得正盛。沿着河边行走
一束光斜着照过来
当风儿掠过一棵我叫不上名字的树
正好有一片叶子轻轻落下树梢
我不否认
我就是被这片叶子
轻轻拍打的人

第二辑

奔跑与抵达

诗歌在秋天奔跑

先是风，吹过——
田埂上的野菊花随风飘起
只有白菜、萝卜和西芹
还在闪动青绿的叶片

在秋天，我就这样
像风一样，出发，吹过
微凉的心头，依然藏有
细密的盐粒和爱情

侧身而过，广阔的原野里
土豆和蔬菜已被装上即将远行的货车
秋风吹动麦子塬
故乡此刻有了美好的嫁妆

苹果树在阳光中低语
一个个泛红的闪着光泽的苹果
就是我要守住的
一个个成熟的词

大地的窗帘

午后的光线，似乎是静止的
此刻，有茶，有音乐
有说不清的旷达
如林中空地

此刻，听你叙说
时间一再后退。岁月深处的故乡
有你建造的屋舍，庭院
无穷的闲笔，绘出天然的造化

那是空灵的山水之地
当溪水流过光滑的石头
屋后的森林沉默，静谧
一如大地的窗帘
隔开尘世的真相

转身：西海固在下雪

十月之末，我还在省城固守
用一支旧毛笔，写信
写夜晚的月亮
黑色的泪水

这么多年，风从村庄刮到城市
命运似风中的琴弦
当我在霜降中开始祈祷
转身，西海固正在落雪

一场又一场的雪，从山区的天空落下
从手机、电视、电脑的屏幕落下
一堆一堆的草垛
在深秋，顶上白色的棉帽

转身，就想到西海固小小的故乡
万物闪耀之时，窗外再次升起思乡的月亮
寂寞的夜里，一场雪自凌晨落下
西海固，成了被雪花笼罩的月亮

告　别

要向这些红红黄黄的叶子道声告别
因为它们，我不止一次想到
如泣如诉的风，即将到来的雪

一座沉默的公园里，时令透明
阳光下的树，它的每根枝丫和晶亮叶片
朝向蓝天，不含任何杂质

这一天的安静时刻终于到来
我只愿站在一棵落叶缤纷的树下
把往日，挡在漫漫风雪之外

寒露之夜

深秋，黑夜里的闪电已然消逝
巨大的树梢上居住着沉默的梦想
寒冷的天气将要到来。田野孤寂
庭院里的草木和花朵，在清晨
亦会披上寒霜和阴影

一场秋雨过后，河水开始唱冰凉的歌谣
候鸟的队伍即将启程
孩子，此刻的海边应该更加沉静
月光照向成熟的花园。西北偏北
已有清凉的甘露，挂在无名的花瓣

寒露之夜，我祈愿
大地有更为充实的安静
而我将听小小夜曲
轻轻漫过——
旁边的湖水、芦苇和残荷

海上日出

总有一些这样的早晨，海天之间
迷人的光晕弥漫而来。潮起潮落
当一轮红日喷薄而出，我真想
飞到海边，和你一起拥有
这海面升起的第一缕阳光

当太阳在天空开始遥控大海
这崭新一日，必是你喜欢的
当我抬头，就有彩云飘过
那该是你摇曳的裙裾
牵动心中柔情万千

但愿能有一日，北方海滩
粗粝的石块变得光滑而柔软
但愿能有一日
我也将拥有你——
如大海一般的波涛和汹涌

也许我们该谈谈黄昏

让我们一起走进黄昏
一起爬上最近的这座山
在伸手可及的光线中
谈谈诗歌、大海、今天的太阳
谈谈策兰、艾基、最后的金黄

杨树林里的一阵风
带走春天的请求夏日的狂热
古雁岭下，繁茂的树木和花草
挤满回家的路
暖暖的石凳上
我们一起眺望缓缓的落日

是石头要开花的时候了
让我们一起谈谈黄昏的光线
以及布满天空的晚霞
谈谈琐碎的生活
还有已然逝去的青春

落日无边，在这广阔的浮世里
我们已走得很远

但愿你，和我一起

守住土地和麦苗

也守住这亘古如斯的黄昏、田野

像奥登写的那样——

能呈上一炷肯定的火焰

去一个岛上

想在秋天，去一个岛上
太阳起得不太早，我会睡到自然醒
野菊花开在小旅馆的周围
我会沿着一条小径走啊走

去一个岛上，期待
与陌生的风相遇，迎着
蓝蓝的海水，我们一起
聊天、喝茶、唱歌、诵诗
彼此不再设防、顾忌
可以躺在岸边的长椅上
用喜欢的诗集盖住胸口，期待
海风的抚摸
看四周的海，潮起潮落

这时候，可以排斥谎言和差错
可以尽享心灵的安静和宽阔
与阳光、珊瑚、沙滩、海水相拥
做一个与自然相亲相爱的人
该是多么好啊

秋天的老虎滩

秋天的老虎滩，海水依然这么蓝
许多人的目光，都无法
越过它的微澜和幽深
多数时候，大家皆因神奇的海洋公园
来到这里。很少有人
像我这样，在海边
呆呆地吹风，守望
看接近苍茫的秋天
隐匿于波澜不惊的海面

秋天的老虎滩，和几只水鸟相遇
看着它们游动，漂浮
那么自由，那么美
但我叫不上它们的名字
如浪花开了一朵又一朵
这样的状况时刻发生
亦如平凡的信使
带来了一份份大海的礼物

还有什么让我留恋啊——
海水之想，亦是尘埃之想

天地万物，在我们的生命里
皆会猝然相遇
在老虎滩，我只愿记下
那几只随意游荡的水鸟
是它们，加重了
我对大海的偏执热爱

在黑石礁看海

我来的时候，黑石礁
已被朝阳拥抱。这里，无山川可倚
只有大海、砂石、岸边的长条木椅
供人们嬉戏、依靠、落座

在黑石礁，我和喜欢的大海
相拥。站在一块布满苔藓的石头上
望天高海阔，看游艇穿梭
想象飞扬的美和冲击的爽

海浪一遍遍掀起白色的泡沫
老人、孩子、少男、少女
他们手挽着手和海水亲昵
他们，都在脱开尘世的喧嚣熙攘

而我，还沉醉于张望
海面上，云起云落
海滩上，人影攒动
海湾里，自然安详

金石滩

遮住阳光和风雨——
这样的出行，可以透过窗户
阅读大连，这个城市不断延伸
一列透明火车不舍昼夜
穿过夏日的楼群和水草
向大海奔去。列车内挤满了人
金石滩，召唤人们的梦想
让海水的叙述从一列火车开始

六月的金石滩，海水微凉
坐在粗粝的砂石上
看海浪一波一波涌向岸边
水位不断升高
此刻，我们一起落座海边
只愿有个面朝大海的房子
一起听海风海浪
卷走广阔的虚无和荒凉的痕迹

付家庄

时隔多年，再次来到付家庄
海水依然这么蓝！这是一种
恒定的蓝，连绵不绝
并向岸边，不断奔腾

这里没有细沙，只有粗粝的小石块
遍布海边。几个挽起裤脚的女孩
小心翼翼地走进海水
她们，对大海
抱着更多的神奇和幻想
也把内心的波动
交付于海

海水安静下来，在秋天
仿佛什么，压住了他汹涌的声音
只有小小的波浪
还会扑打在爱人的脚下
轻轻地，似返转的命运
上岸，回旋
然而归于无边的深幽

在银滩

最后的秋天——
阳光轻抚世上最柔软的沙滩
离诗人庞白的居所不远
我被他嚷着脱下衣服
和一片浪漫主义的海相拥

秋天的深处，海水已有些许凉意
游荡于神秘的海边
我看来往的船只穿越疲劳
这些一辈子和海水打交道的人
也在像庞白一样写着动人的诗篇

在银滩，我愿和一棵棕榈树拥抱
我更愿——
被细细的银沙深埋
只留下头颅和眼睛
看这微凉的人间

野柳之野

大雨浇灌荒芜的石头
六月的野柳地质公园已无比闷热
海岸边的岩石似蘑菇一样绽放
棕红色的山体燃尽世上所有恩怨

野柳之野，在于突出海面的狭长岬角
经岁月风雨的侵蚀、雕刻
形成多种地质奇观
掉进更深的雨水

许多年后，当雷声越过夏天
我们再来海边行走
内心的岩石
将堆满无际的天空

向大海走去

初冬，天空并不晴朗
灰蓝灰蓝的，承担了
大部分的忧郁和沉重
大海和雾霾之间
我只选择守望——
柳树张开萧瑟的枝条
喜鹊悄悄地落在即将干枯的草地
生的寂静在海水中沉迷
我只愿这样——
静静地向大海走去
听不断起伏的风
吹拂轻轻波动的水面
看周围布满苍黄的树木、山丘
还有宛在水中央的茫茫苇草
这些，都让我疲倦而焦虑的内心
有了小小的冲动

岛　上

是啊，我漫游在大地上已经很久
像来到海岛上
我会更加热爱
这里的阳光、海水、花朵及热恋的少年
这些都是尘世中温暖、浪漫的一部分

我是一个来自北方的陌生人
我会试着捡起贝壳、珍珠、海浪
这冬日里幻化的雪
是我和你，早有的约定
我想有一天
你会像雪一样飘来北方
于深冬，和我一起
追逐雪地上的喜鹊和银狐

在冬日写下一片海

要写下它缓缓的波动
在城市的边缘
一片海的存在，将冬天推向
更为深远的境界
在它布下的平静和镇定中
亦有变动的水位，显示着汹涌之物
本然的孤独和躁动

一片海，可以毫无顾忌地扑向我
一刹那的激动，都容易使我陷入更深的梦幻
而在北方冬日，会有更凛冽的风
刮向荒原和落日
当我眷恋于南方迷人的大海
就更愿意把这寒冷的冬日
换算为明媚的春天

咏　梅

冬日，鹭岛之上，三角梅盛开
一片片，缀满公园、道路、屋檐
灿烂、鲜艳，恍如隔世
让我对梅花主宰的城
有了更多赞美的冲动

就这样，听从梅的私语和拥抱
于高远的天空下
止住我对西北冬季的荒寒印象
看烂漫梅花无限伸展美好爱情的全部奥秘
于群山和绿水之间，伴阳光沐浴

真难想象，那个名叫菲利康默生的法国人
是如何在茫茫万物中发现如此美丽的花朵
我数也数不清，有多少枝
一步一步，从里约热内卢的深山里
飞舞而来

梅生三角，似灿烂绽放的簇簇相思
高枝相伴，如千里万里的遥遥眺望
攀援而上的，该是冬日的天使

将艰难美好的爱情

呈现于世间宽广深远的背景之上

火车慢慢驶进北京

出发吧，从居住的城市，穿越河流和高原
穿过了许多隧洞和峡谷之后
在一个春天的上午，火车开始俯下身子
亲吻脚下的土地和扑面而来的阳光

这列我所搭乘的火车，用低沉的鸣叫
试图唤醒祖国的每一片山河
现在，它渐渐放慢了脚步
在北京的郊外，懒懒地伸展腰身
让我不断回味它穿越群山时轰隆隆的声响

一座座城市和乡村，一片片高原和山丘
被丢在了身后。现在，火车慢慢驶进北京
它镇定而不慌张，迎着首都的阳光和楼群
像一排刚刚爬上山坡的黑羊

车厢内，来自多个省市的人们渐渐睁开惺忪的睡眼
他们在列车播音员温柔的话语中了解伟大的首都
而我还在依窗而坐，凝望着车窗外的风景
我知道，在北京西客站拥挤的人群中
有一个人还在焦躁地等待

远　望

山谷寂静。从悦龙山顶向下望去
有你的窑洞、水库和村庄
时间疾走如飞，胸中丘壑纵横
一层层梯田，承受阳光和风雨
掩藏曾经的苦难、绝望、愚钝和欢欣
所有悲喜，皆隐没于溃败的大野

没有什么，能抵抗自然的强力吸引
微风轻抚树木、野花
灰兔穿越草丛。你和我
站在寂静而热烈的山坡
被时光之雾笼罩
心灵，无限贴近岁月的低语

梦游者，把心中的道路不断放大
轻轻擦去风霜和雷雨
怀揣最后一缕春风和闪电
为了奔跑的目标
暗暗祷告

蒲公英

初夏，青绿的苜蓿地上
盛开着一朵朵蒲公英
对着旷野，我可以大声喊出你的名字
也可以拿着铁铲对准你的根须
铲下你，据说可清热解毒、美容养颜
更多时候，我爱你于风中摇曳的金黄
伞状的花絮，成为飘向天空的证据

致槐花

重回山中。槐花一片一片
亮在绿树丛中，是属于我的雪
可以一朵一朵摘下。可以大口呼吸
槐花的香气，弥漫年轻的山野
可以听蜜蜂嗡嗡清唱，这尘世
瞬间变得轻盈。可以躺在一棵槐树下
让身体放松。抬头
即有开满鲜花的天空

不再遥望伤口——
暂且远离一场场身心的疾病
远离人间的喧闹与悲欣
当夏天全面铺陈于寂静山中
晨钟暮鼓消散，唯有声声鸟鸣
成为最悦耳的歌唱

刮过山野的风

秋天来了。我还滞留于广阔的乡村
看汹涌的庄稼和蔬菜，弥漫田野
小小的红果，翘首相望
歌唱的青鸟，在枝头打探深入秋天的密码
各种花朵，正以自己的方式
欢度秋天

在高中同学国强的农家小院里
除过鲜花、玉米、葫芦
还有自己的根雕作品
让我驻足、仰望
并惊叹于这一技艺的延续和再创

秋天来了，他还在忙于自己的生计和艺术
刮过山野的风
越来越冷
而我，是否也该拾起扔下的笔
书写内心的荒凉

冬日札记

无雪的冬日，天空有了干净的蓝
暂时失去雾霾的城市
有了闪耀的红果和辽远的云彩

从清晨到傍晚，我偏爱步行
习惯了对万物抱以幻想
于忙乱人世，如一粒微尘
飘来飘去。有时也开车
在拥堵之中，磨炼耐心和希望
期待一条条街道，如堤坝一样
最终崩溃，归于宽阔和平静

许多个黄昏，我会穿过一个公园
看落日，被萧瑟树木最后托举
当暮云低垂，还有一些光线
迷失于树梢。孤单之夜
就这样开始展开——
悲伤或温暖的记忆和想象

漏失与等待

有段时间了，没有来此漫步
心中，有寒冬的漏失，也有无形的悲伤
特别是午后，当红叶散尽
置身于冰湖之畔，就有越来越冷的气息
从风中传来。就有稀薄的阳光
颤抖在多余的爱恨之间

冰湖之上，鸟群散失，芦苇消隐
一半冰层，一半湖水，发出透明的呼喊
愚钝的我，还在流水般的生活中沉浮
当新年摁下开关
漫长的旅程又将开始
时间的飞行器里
有无限旋律，亦有无奈的等待
有持灯而行的期许，也有瘦弱的马匹
穿过四季，急促地呼吸

大沟湾

鲜花簇拥窑洞
果实挂满树枝
蜜蜂围着木箱和花朵
嗡嗡吟唱

七月流火的日子里
老亲戚还在乡下忙碌
养猫，种菜，锄掉田里的杂草
厚土之上，侍弄的日子
宛若金黄的葵花

夏天的村庄，狗儿守着杏树
飞鸟穿过庭院。血缘的流转中
总有一种根脉
无法搬走

荡起的波纹

无月明星稀之夜。城市仍在高烧
蒙尘的大地之上，我只愿在清晨
来湖边散步，观望，倾听
鸣叫的鸟雀扇动美学的翅膀
青草和荷花搭建清凉的世界
湖水缓缓移动，荡起的波纹
随着最早的光线
不断向前推进

无云雾加持。红尘之中
我要记下一天的初醒之时
迈向清晨的脚步
有些空旷。不远处的街道
开始了速度的轰响

初 雪

雪终于来了，落在厚实的土地上
我似乎听见沙沙的声音
自北向南，开始占领
祖国的山河、乡村、城镇

此刻，我的笔停在时光的圆桌旁
一张纸的界面上，我将写下
一股风在广阔疆域的旅行
我的脚，将深陷灵魂的大雪

雪啊雪，从黄河到长江
弥漫开来，在严寒的步步逼近中
让我们伸手去接——
这银子般的信笺
季节转换的漫漫旅程中
让我们和山河一起
共同分享一场雪的曼妙

小　雪

今日小雪，郊野寂寂
我独想雪满枝桠的山林
那遗落民间的清雅诗经
搭乘慢悠悠的时间马车

你好，小雪
真实的冬天，一切都在下降
我们相拥着
走进云淡日光寒的岁月

在不远的春天
你我还将邂逅
我们还是故乡的孩子
一起接受雪打桃花的种种暗示

雪是昨夜来的

雪是昨夜来的
在一首老歌里，月光隐没
大地像安睡的孩子
夜晚的地平线上
弥漫着雪的低语

多想和你相遇在这样的雪季
在冬日，我们共同期待着一场场雪
梦想总是轻飘飘的
当山坳上的阳光渐渐露出身影
我更喜欢看雪花在阳光中飞舞

愿把内心的苍茫融入雪中
让暗处的思念
随着一场场风
共同飞到——
时间的深海

晴　雪

没有风，只有阳光静静地洒向山坡
残留的冬天的叶片挑在空中
没有风，这闪耀着青黄色彩的精灵
映衬着湛蓝湛蓝的天空

天地之间，白雪耀眼
整齐的布局，正在改变季节的秩序
每一片雪的后面
都有我愈来愈深的怀念

这静静的雪的山坡，占据着天地大美
干净而清冽的空气中
我要扑向解冻的阳光和雪
看大地安详如初

雪　后

雪后，移身户外

有一些红果我叫不上名

有一些树木苍劲有力

有一些叶子美得战栗

像赴一场虚构的约会

于辽阔稀薄的阳光里

独自穿越银白的雪野

我在想，那一场场的雪

经历了多么漫长的路途

才来到这陌生又熟悉的尘世

并以浪漫的姿态，温柔的爱抚

拥抱荒芜的旷野，喧嚣的城镇

尤其在大雪还未消融的道路旁

我要反复提及——

那一场场覆雪的爱情

致 敬

怎样写下你的辽阔、温柔、美丽的影子
这样的秋天，天蓝水静
我不会画，依着大海、幽草与佳木
我只想写下尘世的苍茫、内心的柔软和继续的生活

这么多年，我一直在漂泊、流放、前行
蓝色的火焰中，常常独自照下
和一个影子私奔的镜头
而生活，依然是一个坚硬的核

谢谢你。大风刮走了流云
天空湛蓝如洗，这属于诗歌的秋天
我已在观众席上静静瞭望
向一汪秋水深深致敬

雨中记

雨水淋湿街道，多么清新的早晨
我能听到鸟儿清脆的鸣叫
我能闻到夏天潮湿的味道
我还沉浸于对一个人的怀念

瓦解的城市，在雨中低泣
尘埃中奔走的人群、车辆
渐渐隐去的忙碌和虚无
都被连日的雨水洗净

雨中松软的草地上
两只喜鹊带着自然的真理
踱步、漫游、对话、歌唱
成为被时间遗忘的视频

暴雨之夜

从开始到结束，一场暴雨
洗劫黑夜。当闪电袭来
不断扩张的风暴，掠过街道、灯火和花朵
绿色的火焰扑灭，夜色中
亦有车辆奔跑在雨中
这近乎虚构的夜晚，躲在角落的行人
听雷电炸响。不，在雨的中心
有紧闭的灵魂，陷入更深的恐惧

天地轰响之时，但愿罪恶被洗刷殆尽
当暴风雨止息，我在湖畔的夜晚遭遇乡愁
故乡的庄稼地里，已有抽穗的麦子
还有疯长的玉米。草木蓬勃之际
仅留山坡上的果园
该是绿意葱茏，果实累累了吧

抵　达

抬头，在这苍茫的人世
还有可喘息的空间
还有大片的花朵铺陈而来
无限扩展，蔓延

比一棵斜阳中的树更为安静
当中年的风霜掩盖而来
道路没有尽头，漫长、幽深的时光
随着起伏的大地不断转弯

贺兰山下，秋风掠过城市和平原
我会留住空气中散发的花草的香味
以此证明，千尘之外
尚有更加温暖的抵达

第三辑

时间的秘境

鸽子山

鸽子山没有鸽子——
辽阔的荒漠与山丘之间
藏着万年前的石磨盘、石磨棒
藏着古老的工具、房屋
藏着月牙、串珠、玛瑙
这些老旧的装饰品
见证着人类审美的最初走向

一座石筑的酒庄伫立于古原的中央
一棵棵风中摆动的茅草
分切着远古的时光
一片片接近干枯的葡萄园
就是人类与土地
共同拥有的和谐创造

渐次隆起的山丘之上
只有石头与石头的对话
苍凉的地平线上，斜阳缓缓下落
没有鸽子飞过。博物馆的石磨盘上
留下原始农业的模糊底纹
小麦，淀粉，稻子

曾在贺兰山下最早种植
人类食物链扩展、延续，鸽子山不语
却留下现代考古的有力证据

在鸽子山，大风移不走湖泊和石块
石头的裂缝留下永久的秘密
我在鸽子湖边，静静注视一洼清水
唯有风，掀起层层波纹
轻轻滑向，更远更老的年代

磁窑堡

没有雨雪，弥漫的沙尘中
去年的荒草还在荒着
二月茫茫，我们一起进入旧窑址
干枯的土坡上，堆满碎瓷片
白瓷、青瓷、黑瓷、酱红釉瓷
都以破碎的形式袭来
恍若记忆里更强劲的风吹过
时间的火焰里
燃尽了春光和秋霜

捡起，翻看，端详，放下
一些深蓝色的花朵曾在火光中熔炼
像我们彼此的眼神
专注于对一片青花瓷的凝视
一年又一年，它们的身世
不为人所知

其实我们多想直接进入那个逝去的年代
一些古老的事物还在生长
在火的尽头，应该存放着各类用具
如文房四宝，如碗、盘、杯、壶
从遥远的西夏，辗转而来

在火石寨

在火石寨，我迷恋于——
这些不停翻滚的赭红色的山体
像要燃烧
或者急切靠近
坦坦荡荡的天空

这漫漫的尘世之爱
在蓝天白云的映衬下
还原了更为真实的状态
命运，像这些不断奔涌的山石
在山谷间起伏不定
这些静静飞翔的词语
以轻风之手
完成秘密的和解

桃花的暗示

春分时节，湖畔愈来愈美——
一辆马车缓缓驶过木桥
杨柳依依，更有桃花含苞欲放
消失的岛屿，已成幻影

一束桃花，醒了
粉红的暗示，闪烁微光
一束桃花，牵着你的影子
从更小的夜晚走来

孤独的旅行者，在湖畔
所有爱过的词语聚集
随着掠过湖面的风
重又荡漾。而一束倒影于湖面的桃花
就是我们相约的理想证据

麦积山上

麦积山上，端坐佛的村庄
一面陡峭的山崖，镶嵌着一个个石窟
千仞壁立，云影缠绕
一个渴望隐逸之人
适合在这里安放灵魂
做一个时间之外的行者
踏破红尘，看千万种的花草
摇曳于秋天的阳光中

可以向着蓝天和云朵
和洞窟中的石像对话
虽历经风雨，站成肃穆
但心怀沧桑和感恩之人
总能于冷下来的时间里
与万物照应、撞身取暖
让夕阳收纳最后的幻影
枕着厚厚的自然山水
一起归于——
另一个安宁的世界

建盏之恋

大器至简，于你，便是一种最好的诠释
当光芒静止，我更喜欢注视你久经炼制的痕迹
从古朴浑厚的身影里，魂梦从宋朝醒来
蕴藏于内的性情，更具金石味和书卷气

每次喝茶，举你而饮
接近厚实的胎质，本真的雅致
每次喝茶，与你相握
都是一种安顿内心的最好方式

从福建建阳龙窑中款款而来
经秘方配制、高温烧烤
以茶之圣器，现于人世
当岁月溅起风雨飞沙
都有你传来的金石之声
敲响梦中的词语

落日无边江不尽

朝天门外，江水伸展
开阔，平缓，起伏——
泛起光的波纹

一艘艘轮船驶过黄昏
不受时间的约束，驶向流水的远方
被拆除的城墙、关隘、门楼已难寻踪影
伫立朝天门码头，只好听江水激荡
许多隆重的场面
只能靠想象完成

落日无边江不尽——
先期抵达的春风
吹走了古渝雄关的漫漫云烟

落日无边江不尽

去一个小镇上

去一个小镇上
这里有山、有水
有石头的传说、湖泊的幽蓝
有身体里隐藏的秘密码头

而我只愿顺从一缕风
安于你的静谧和苍翠
看小桥、流水柔软地绽放、伸展
滚滚红尘之外
多想，以水墨的意境
度过苍茫余生

秘密之地

秋日将尽。绚烂的果树叶片
撑出更深远更广阔的蓝
试图挽留——
人间最美的图景

是时候走出来了。春花秋月
大地上翻开绚丽的篇章
光阴的谣曲里，有细碎的光芒
亦有伤感的小调，悲情的剧场

世界多变而永恒。晚秋的迷宫里
我更愿拥有一座果园
这是我在这个城市慌乱的街道边
寻到的一处秘密之地

这就是我要写下的大海

当庞大的暮色笼罩而来
无边的迷茫里，看不清
大海静默的容颜和身姿
只剩下寂静的海岸线
被起伏的波浪一再触及

该记住这个即将到来的夜晚
没有月光倾泻，星辰寂灭
萤火虫迎面而来。岸边的堤坝上
盏盏灯火
渐渐亮了起来

这就是我要写下的没有边际的大海
像倾听夜晚的声音一样
我不在乎星星、月亮
摇动的暗影，斑驳的心事
都被这浩瀚的大海淹没、熨平

暗夜里，唯有一艘船
还在前行。冷清的海岸边
我愿继续谛听——

那只独鸣于深海上的水鸟
可否把黑夜叫醒

有过多少风

秦长城上，有过多少风
吹过。夏天越来越深
我们一起沿着长城行走
看萧关茫茫，从高处的垛口
想那一个远去的王朝
从兼并六国开始，便长鞭驭海内
出尽了风头

从长城梁到清水河
我们一路捡拾夕阳的碎片
亲爱的，请不要试图远行
在这山花烂漫的季节
唯愿你，循着山野里的风
踩着一架战车的辉煌
赢得战争之外——
空茫的胜利

大堰镇

南方有嘉木。在大堰镇常照村
和一棵千年红豆杉相逢。树干中空成洞
但枝干依然遒劲。说不清的喜欢
在乡愁小镇，一条小河缓缓流过
透亮而神秘，一只鸟停落在河边的石头上
它的叫声无法躲避

走在大堰镇的街道上
阳光温暖，水声潺潺
婉约而细腻。穿行于木质楼阁间
有古老祠堂，在旧对联的映衬下
显出旧日的风采

赵钫尚书门前的石头狮子还在张望
巴人故里的屋子低矮、潮湿、薄凉而清冷
几个老人在街边晒太阳
一群女人走在青石板上
小桥和流水之间
时间慢悠而多余

我无法爱上这样的春天

沙尘暴还未撤离——
一场接一场
冷风吹着，天在下土
我无法爱上这样的春天

我无法做一个幸福的人
大地上的青草还未复活
而医院里的暖气渐渐冰凉
我只能抱着一本希尼的诗集取暖

这样的三月，我的爱苍白而乏力
天空和云朵茫然且模糊
时光的深处，我像一把生锈的铁锁
我的心已锈迹斑斑

没有轻柔的风，也没有淅沥的雨
灵魂背负着滴血的伤口
这样的春天
我将与谁相爱

从解冻的河流开始

河道寂寂——
借一缕冬日斜阳
独自漫步于悄悄解冻的河边
缓缓下沉的是流水、泥沙和时间
渐渐上升的是冰河上塑料花掩饰的真相

从解冻的河流开始，少男少女们忙于约会
红尘中，还有可供深情拥抱的地方
河岸边的小树林，隐藏曾经的秘密
冬日暖阳，抚过树木和山峦
将内心小小的渴望
铺洒于沉默的冰河之上

生命的河流中，只有你
还漂荡于波动的河面上。独木桥不见了
踩石块不见了。城市和乡村之间
没有了明显的界碑。而我亦如一根风中青草
远走他乡。从解冻的河流开始
就让我们一起等待——
水落石出

钓鱼台上：与一块石头对视

不单单是一块石头，还有青山环绕
古树侧柏罩住天空。在钓鱼台山林深处
我和一块石头对视。山涧清溪奔流
石坝飞瀑，传递的声音
恍如时间的阻隔

名士子牙已被钓走。新的垂钓者
还在面向溪流和湖泊
观察一条鱼的跃动和上钩
巨石之上，是蓝天白云织就的大幕
静默的时空里，一泓清泉
将石头紧紧拥在怀中

这块刻有"孕璜遗璞"字样的石头
静静立于天地之间，任太阳的金币
一次次砸向细密的肉身
而石头一语不发，恍如前世的女人
躺在深幽山林之中
轻轻沐浴

擦　亮
　　——在中国青铜器博物馆

从擦亮一尊西周青铜母子虎开始
母虎张口匍匐，亲昵幼子
如此动人的场景，从坚硬的青铜器物
展示出来。将我柔弱的心灵
再一次打动

博物馆内，当柔和的灯光
擦亮一架停立的青铜车马
车马器上亦有饰兽面纹，细致而精美
"早求车马，同行共赴"
想那些遥远的年代，人与车马
达成多么紧密的关系

最后擦亮"何尊"——
一件造型复杂的西周宗室祭器
在华美纹饰外表掩映下
更有惊人的发现——
锈蚀的器内底部，有"宅兹中国"的铭文
将古老的时光，推向更远

在西府老街

没有雨，只有持续的高温
炙烤老街上的小径和庭院
只好躲进一家咖啡馆
借助于一杯果汁、一杯凉咖啡
借助于垂挂于墙壁上的紫色藤蔓
任并不克制的阳光，透过木格窗户
停留于斑驳的桌面

而我，设想着翻越
心中的篱笆，就像面对你
无序的心跳，就是享受着
甜蜜的愿望，一次次
无序地升起

时间缓缓流过，黄昏来临之际
阳光减轻了重量，我们相伴，漫步于老街
从东端到西端，从文昌街到丰膳街
可以尝尝擀面皮、臊子面、肉夹馍
可以挑起一根现做的腐竹，为身体补钙
也可以走进一处处手工作坊
认识几位深藏于此的能工巧匠

在西府老街，藤架的寓言中
我们陷于尘世的心得以照亮
夏日炎阳炙烤的气象中
古老的色彩得以绽放
就像你，一袭旗袍留下的
多彩、古典的意韵

桥　上

夜晚的团结渭河大桥上，是让人迷醉的
我们一起从烧烤摊上走出
一起在夜风中穿行
城市在夜色中被时间磨得璀璨
快乐的行走中，几个夜行者
在桥上，把命运的掌心举起
彼此从繁琐的日常走出
带着诗歌和闪电
一起在桥上歌唱

这座刚刚落成的大桥，还未被全面装饰
隐匿的河流之上，漂荡
盲目的语言。当月光朗照
时间仿佛静止。河流默不作声
夏日渐渐沉寂的炎热中
从桥的一端到另一端
我们告别，并在接下来的深夜里
守住彼此

路过报社

去民生大厦的路上
远远地，就看到了
我曾供职多年的报社

路过报社
路过劈头盖脸的阳光、新闻、版面
路过灯火通明的夜晚、加班、煎熬
路过编前会、评报会、编委会
路过采访、编稿、审稿
路过要闻、专刊、副刊
路过一张张城市的脸

在一个七月的上午，突然
陷入慌乱不堪的旧事
我曾独处的办公室靠在背阳的一面
透过窗户会看到不远的山坡
那幢我曾蜗居多年的单身公寓楼
由红色变为黄色

路过报社
在不堪一击的回忆里
我只好傻傻走过

又至原州

从《诗经·小雅》开始，大原之地
便在一首首诗歌里跌宕起伏
备战，出征，激战，凯旋与失败
在血与火的交错映照中
留下冷兵器时代的处处暗伤

又至原州，秋天的秦长城上
烽燧犹在，绿色尚未退去
一场场伤痕累累的战争
于一股股呜咽的风中
远去，消逝。只留下
纸上的阵阵叹息

十月原州，飞雁过境
一座砖包古城只留下残缺的拐角
多年之前，我在城中读书、写诗、饮酒
多年之后，当我重又归来
楼群高过城墙，飞鸟掠过头顶
城市浸淫于绵绵秋雨之中
路边格桑花开，一篇篇黄金的颂辞
飘向苍茫的云天

长城塬

我记住了阳光下这些瑟瑟颤抖的白杨
她们在痴痴迎候
南来北往的行人、商旅、将士
一截蜿蜒的秦长城
一座残破的古城堡
都在诉说
风起尘扬的滔滔旧事

我记住了遍布墙根的秦砖汉瓦
多少君王图治
多少将士尽忠
多少百姓流离
每一座城垛、土堡
每一片土地、荒草
都在啜饮荒原之上的哀怨琴音

秋天没有边境
长城塬上，大风把门打开
一簇簇燃烧的藏红花
掩住千军万马的嘶鸣
一片片翠绿的玉米地
遮盖了时空虚蹈的辉煌

牙舟陶

牙舟陶，深藏于黔南十万大山中
与其相遇，像蝴蝶相遇于经典之花
我叹服于它的精绝之美
似暗香浮动，透出耐人的莹润气息

一座孤零零的烟囱
一排布满灰尘的厂房
我在这里驻足
听盈盈笑声盖过久远的时光
更怀念布依族匠人远遁的身影

也许荒废也是一种美
面对这些精致的花瓶、茶碗
再面对这些破损的窑炉、厂房
我们，是否都该伸出手来
挽留这最后的美

致星空

也许我将来到

黑夜的河流中，天空帮我记住

这些漫天的星斗，闪烁的光辉

顺着月亮指引的方向

我将仰望故乡的天空

深幽如初，缀满杏花、繁星、云朵

还有朦胧的桂树、低飞的蜻蜓、高远的梦想

我要用蘸满心愿的蓝黑墨水

画下夜晚的宁静、内心的波澜

画下一个人的身影、悠长的思念

幽草与树木之中，我独想

尘埃的高处、人世的匆忙

唯愿昨日的夕阳

留住远山的呼唤、牧童的歌唱

以及黄昏燃烧的金黄

还有什么比这些更激动人心

当更冷的空气袭来

我将于夜色中低吼

身体里的飞机，会不断穿越

稀疏的云层。像爱一样

无穷无尽的奥秘中

让我共同完成

对远方和时空的深情眺望

证　据

这是一个季节留下的证据——
当冬天的阳光铺洒开来
我还在水边眺望
茫茫的草木披上金黄
越来越深的光芒投下迷人的阴影
一座浮躁的城中
有我孤单的居所和迷茫的夜晚
在这里，已然学会遗忘

风吹过午后的旷野、湖泊、桥梁
我还能看到一枚黄叶落向水面的轻轻颤动
许多时候，我已不抱希望地活着
像一根草一样
依然默默地在低处生存
许多时候，只能在荒芜的时间中抱紧自己
听凭夜晚恋人的冲动和哭泣
穿透隔壁的窗户
投向荒凉而寂静的大海

剔　除

剔除尘世的喧嚣，在秋天
可以放任山野，一个人
对着山谷，大声呐喊
可以听清亮的溪水
喁喁而语
可以尽情眺望——
蓝天白云的迷人梦境

没有比这里更好的去处
于自然无边的缄默里
可以摘下一束野花
优雅地，献给——
多情的风

剔除心灵的杂物和困扰
庸常生活之中
就让我，继续穿越这巨大的宁静
就让我，继续热爱这无限的草木
以及大面积的蔚蓝和青绿

香积寺

偏居大兜路一隅，这城中寺院
在雨中，宁静、冷清，止于孤独
让我想起尘世中被人忘却的山水
看到日常繁琐生活的背面

没有鸟鸣，唯有雨声
略带寒凉，敲打潮湿的小巷
撑着一把油纸伞，独自走过
半掩的寺门，被雨水淋湿的塔
让我想起元朝末年的那一场大火

不知香积寺，数里入云峰
当薄暮笼罩，香积寺的雨
像被遗漏的书信
被后人反复阅读

守住一盏灯

夜晚逐渐来临，要守住一盏灯
又长又冷的街，是我不愿穿越的
当再次走向夜，要试着忘记
身外的世界。群山环绕的寂静中
要记下一场雪。那时我正驾车
穿过雪野。六盘山顶的雪
依然高过道路和村庄

被风撕扯的草木和尘世依稀浮动
山坡上的枯树枝，试图紧贴大地的胸膛
空旷而辽阔的山野里，我要搜寻
最后的叶片。而被大雪覆盖的河床
连同茫茫烟尘，缓缓进入
冬日空洞而苍凉的记忆，绵长，寂寥
当河流愈发沉默寡言，亲爱的
山河之中，总有如雾的幻想
于冬夜弥漫过往

大雪之夜

窗外，车辆依然喧响。但街道冷清
远处的山峦暗黑如墨。漫长凛冽的冬日
我在西北守望。星辰寂灭
寒风吹彻

空气中已有雪的味道
夜空茫茫一片，灯火星星点点
大雪之夜，围炉，煮茶
万物正向温暖的中心渐渐聚拢

这被管制的夜晚啊
做梦的时候，都会想到
我从南方归来，此刻
大海起伏如黑夜的巨兽

夜行者

夜行者，在迷茫的十字街口
也许是路的主人。也许不是
孤单的行走中，夜行者
任旧时月光，打湿心灵
许多时间的暗语，带走闪电
和夜晚的天鹅

当我穿过北京路，花香溢来
看不清的面容，隐藏于密林
而故乡的山野里，杏花烂漫
车辆拥堵于彩虹路上
看花的人，怀揣着渴望打开的内心
层层梯田，任花朵点燃激情

而现在，从高楼望去
灯火闪烁。远处是否有几声狗吠
没有乌云的天空，不再渴望闪电
我将高举月亮的酒杯
和那个行将告别的人
一起饮下四月的佳酿

第四辑

向万物致敬

山中行

车子不断穿越，山谷深处

有清风、野花，有蓝天、白云投下的身影

一棵棵牛蒡于风中摇曳

整个山野被绿色包裹

万物闪耀，世界如此安静

许多草长在夏天的秘密和幸福中

偶有山风吹过，送来固有的清凉

不远处的村庄、屋舍，镶嵌在山腰

这是多么安详的存在——

阳光静静落向层层梯田

此刻，只有静默无边

生命的山谷里，有溪水、田野

更有新鲜的空气，青草的味道

以及难以说清的美好情趣

让我们避开纷扰的旋涡

天上有云朵移动

地上有野花芬芳

还有什么能阻止一颗自由之心

短暂的放纵和飞翔

秋天的苜蓿地

一辆农用车驶入，这繁茂的苜蓿地
当农人挥舞镰刀，他们收割的
将是今年最后一茬青草

天空并不晴朗，日子有些发暗
广阔的乡村原野，难以盛放
一颗渐渐荒芜的心

那些低头不语的紫色花朵，还在风中
微微颤动。当我再次经过这里
就会想起少年时代割苜蓿的情景

一捆一捆的苜蓿被装上架子车
穿过乡村腹地，最终被铡刀切碎
成为牲口爱吃的草料

秋天的苜蓿地，遮住岁月
最后的忧伤。我愿在此长久停留
听身边的时光被风吹拂

蓟

一种叫蓟的花开了。秋天的湖畔
略显寒意。你带着拴不住的火焰向我示意
犹记得，多年以前，我们在故乡的山坡相依为伴
后来，各自失散，于茫茫尘世

内心的漂泊路上，真想露宿于此
看一座山的风景被你点燃
一种鸣响的记忆，如薄薄的铁条
被敲打。跳跃的睡梦中
谁也无法了解时光背后的深幽

遗失的村庄中，留下老屋、古堡
也留下一束一束蓟
在风中，在雨中
摇曳乡愁

霜降之后

霜降之后，大雪尚未来临
和你一样，我也在家中
可透过窗户，阅读起风时刻
银杏叶子闪亮的舞蹈

这金黄的礼物，像一个旧梦
给予我更多的教诲和暗示
而阳台前的小菜园里
割过的韭菜继续露出翠绿的新苗
茄子和西红柿拖着沉重的身子
还有一朵粉红色的月季花
被穿过这里的小女孩
轻轻摘走

偶尔能听到琴声
从隔壁的房间传来
喜鹊、麻雀，这些熟悉的朋友
也会不时光顾小菜园
它们于葡萄架下，啄食秋天的阳光

霜降之后，渐渐荒凉的城市里

欣慰的是，我还拥有一片
尚未消失的菜园

开满鲜花的小径

初秋，开满鲜花的小径
孤独而悠长。一朵花望着一朵花
她们的心满是等待

典农河畔，我惊诧于这片片花海
汹涌，烂漫，从秋天的城市旁
喷涌而出

伴着一条慢慢流淌的河流
红尘中展开的幸福
如此虚幻，却又真实

缕缕香气中，飘散出的
是酿造的蜜，还是沉郁秋日里
弥漫的广阔忧伤？

幻象及永恒

雨过天晴。天空高远而湛蓝
喜欢这样的蓝，宽阔、绵延
牵着白云的翅膀
将全部的光线洒向大地

喜欢汹涌的绿。尤其是初秋
原野上有寂静大美
我把自己放逐于此
独享草木和花朵的芬芳

崭新的光与影之间
当万物俯下腰身
大地丰满、静谧
原野上孕育幻象及永恒

果园里

一定有过鲜活的青春和爱
果园里，有苹果、山楂及雪梨
当我漫步于此，就会渴望
听果树诉说曾有的故事、秘密

挂满雨水的果实多么诚实
如今，当我默居果园旁边
定会想象大地的无限及可能
也会搜寻时间留下的饱满痕迹

岁月真像一个古老的匠人
果园里，所有的叶子都在低语
光影之下，应该有无边无际的万物
等待打磨、识破

九　月

九月浩大，一座水库安卧于深山
没有人在意，此刻野花依然烂漫
只有安静的垂钓者
试图钓住这个潮湿而晶亮的秋天

绿色山峦掩映的回忆里
会有一只小鹿穿越而来
渐渐发黄的叶子，亮在迷人的光线中
许多时候，我喜欢听山中鸟鸣
也愿落座水边，看波纹一圈一圈
推送动荡的一生

步行道

修成不久，便不断延伸
在健康的山脚下

几经颠沛、踩踏
一个跑道就是一种梦想
一定是在清晨，在正午，在黄昏
耐心地等待
等天蓝、云清、风吹
一定是想和四季深深交谈
想通过声声鸟鸣，摇醒
那些尘封的记忆

步行道旁，有树木、山丘、窑洞
我多想在这里建一座书院
饮朝露，避风雨，养身心
也许有一天你会来到
陪我继续学习抒情

东岳望

要记住这座山
以草木之心
不断仰望
天空的高蓝

要心生感动
对脚下的土地、庄稼和风
并学会宽恕
时间赐予的一切

东岳山上，有遗留的语言
当树木静止
我愿循着飞鸟的翅膀
向万物致敬

秋风一直响到尽头

永恒的黄昏和山野中——
当秋风吹过，另一个季节之旅开始
炊烟如梦如幻，童年的记忆中
有羊群、田埂、稻草人伫立的秋天
我们一起筑土炉、填柴火、烧洋芋
万物通灵的乡间，我们曾躺在田野里
望蓝天白云，听牛羊呼喊
身后的庄稼和蔬菜，迎风而立
有时候，我们躺成一座山
有时候，我们躺成一弯水
当落日被孤独的牧羊人唤醒
黄昏来临之际，漫游的山歌中
晚霞堆积，浮云缭绕
于北方未来的夜里
我独枕永远的乡土
听秋风一直响到尽头

湖畔：一截废弃的铁轨

无须慰藉，秋风已尽
在黄昏，我愿一直沿着这条铁轨走
看最后的阳光斜射在落叶草地上
顷刻间，旷野更加敞开
树木不老，我愿借它在湖畔的倒影
写下自然的和谐与美妙
我要拦住即将到来的风
静守迷人的光线
渐渐融入，黄昏的云天

然后，再做一次告别
向远去的火车，尘埃里的花朵
曾经湛蓝的天空，永远燃烧的火焰
以及，在途中
已然消失的火车站

深秋：想念那片麦

下了一场雨

湖畔的树木、叶子披上了泪水

水面显得冰冷、寂静

而我，把目光投向遥远的山坡

那里，还有更绿的麦苗

在深秋，在风雨中

波澜不惊地活着

是啊，我为那片麦继续歌唱

山野没有回音

田埂挂上野菊

但这并不要紧

我知道那些绿色的生命

正在默默地

迎候一场大雪的到来

想把这座城市叠起来

如果可以，我会像小学生一样
用一卷纸
叠下山水、高楼、城堡
叠下老院子、黄叶子、木栅栏

诗人，就是内心紧握纸和笔的人
他时刻都在摸索一首诗
可以在大地的笔记本上
写下街道、人群及一棵树上的鸟鸣

想把这座城市叠起来
并用美好的词语修饰
然后装进季节的信封
寄往更加遥远的地方

可 以

十月，清秋。我可以
一个人，在湖边走
湖水可以让我记住
轻轻吹来的风
似白雪低头
轻轻掠过岁月的睫毛

可以用一个上午
走走停停，听秋天缓慢的呼吸
看淡淡的阳光、野草和即将败落的花朵
在枯黄与凋谢之间
挽住大地最后的忧伤

可以跨过一座桥
听对面的歌声
穿过湖水和荷塘
隔开城市的喧闹
于万物静默之时
留下清晰的绝唱

我如此热爱这样的秋天

我如此热爱这样的秋天——
旷野、阳光和依然艳丽的花朵
风中的芦苇、燃烧的红叶和湖面上
波纹般的缓缓回音

湖水是安静的，漂荡着落叶和莲花
这个下午，我从她身旁走过
把内心的苍茫和惆怅
——带走

繁茂的草地上
有割草机的声音不断回响
一股一股
运送着秋草本有的气息

哦，秋天
你所拥有的自然的美
让我在金子一样的光辉里
再次迷失

南湖之光

因为没有风，这里的一切过于平静
古老的大叶榕树，垂下长长的胡须
沁心的色彩，铺排两岸
也使清澈的湖水
趋于矜持的绿

朱槿花依然盛开
层层叠叠的影子
擎起小小的火苗
在这金色的日子里
一只鸽子正在努力穿越晴空

稀有的安宁中，南湖之光
低声轻抚静默万物
在这里，我爱上了许多不知名的草木
轻轻的足音
迷失于绿色之城

我喜欢的秋天慢慢走完

是一场风吹来
突袭金黄的舞蹈
是一波一波的凉
来到这苍茫的人世

多么留恋这灿烂的风景
当秋天的卡车运走繁华
我仍喜欢走在这林中小径
看爬下山丘的夕阳
染红云天
看青青黄黄的苇草
梳理出自然的奇美

就这样轻轻地走在森林与湖泊间
在秋风拂动的孤独与静美中
看我喜欢的秋天
慢慢走完

走过清水湾

冬日午后，无雪
太阳只是一个昏黄的圆
浓浓的雾霾尚未散去。一个人
走过清水湾。失去春天的我
目睹衰草萧瑟于湖畔。湖水幽暗
城市掩映于无边的苍凉

走过清水湾，想起莲
垂柳林的法则里，琴声传来
那时我们拥有森林、湖水和绿色
当清风拂过，我们歌唱
北方美好的季节里，一些无私的歌曲
永被传唱

而现在，我想守护典农河的瞌睡
河水流累了，在城市的拐角处
蜷缩为湖。冬日的荒凉统治了一切
那些灰暗中沉默的事物
在清水湾，拖出长长的影子

分岔的路口

给我一缕清风。一个分岔的路口
应该有丢掉的面具，不一样的心情

河边的林中空地，喜鹊歌唱
水面无法测度。典农河的夏日
薰衣草列队相迎。一块块阴凉处
有无穷的时间的语言。很多时候
我喜欢听一片荷花的私语
还有声声鸟鸣，穿越金盏之野

火车来了，又去了
一次次擦过我们的身旁
当西海固落雨的消息传来
我落座于漂泊的河边
有些不知所措

时光滑过的侧面

走过故乡的每一条街巷

一座寂寞的小小的城

风车静止，清风拂过

曾经的荒草滩上，长满了房屋和鲜花

让我一时难以辨认

时光滑过的侧面之上

现实切换旧有事物的影子

偷窃太阳的另一种光芒

仿佛到了别处

八月的阳光，考验的不仅仅是你

还有歌唱的鸟，陌生的云

在饱胀了菊花的原野之上

时间走得飞过

许多树葱茏了曾有的日子

一条模糊的道路

伸向更加遥远的地方

更深的乡愁

上升的是台阶和花草
当秋天还未脱下盛装
我要为枫叶和鲜花装扮的故乡
继续歌唱

秋风的深处，母亲不再将白菜和萝卜
收拾回家。蜗居的县城里
充满人间烟火。披红戴绿的栖凤山
挡不住远去的河流和风

站在山中，可放声呐喊——
对着逝去的桃花，薄雾
把伤口和雪花暂时搁在时间的一边
让大地的露气升腾
斑驳的掌纹，辽阔的奔走
都将书写
更深的乡愁

隐喻的生活

秋天，我们又被许多事情缠绕、吹动
如风中的芦苇，摇曳不定

微微波动的湖水，鸥鸟翻飞，鱼翔浅底
潮湿的空气中，多了一些咸涩的味道

在人世，隐喻的生活还将继续
而诗歌，在忙碌中似乎远去

许多时候，我们会拥抱一场场秋风
世间的旅行，相遇，离别，爱情
都会如驶入黄昏的火车
而落日，原本那么美！

玉泉营葡萄小镇

也许是因为逃避，我来到这里
玉泉营葡萄小镇上，布满酒庄和果园
我只愿择一处农家小院，坐下来
看这些挂满果实的树木
它们也许有不为人知的身世
我将迷失，这些熟悉而亲切的事物
曾与我相伴，走过烂漫的年代
譬如杏子、桃子，它们缀在枝头的笑脸
都曾红透少年的梦境和理想的天空

我独爱这郊外的田园，在玉泉营
十万亩葡萄摇曳动人的身姿
葡萄架上琴弦拨动——
我将饮下一杯杯温润的红酒
身体中盛有时间酿造的酸甜
也可将心灵的书桌安放于此
置身于炎炎夏日的梦幻和妄想
让阅读充满冲动和酒香
让歌唱成为破土而出的
另一茬根芽

那一夜

那一夜，春风沉醉
一切皆有情。从一家餐厅出来
我们一起穿越——
温暖迷离的夜色

视野中的城市灯火明灭
夜空幽深，没有风
丁香花的味道占据——
街心公园的各个角落

那一夜，踩着细碎的幸福
我们相伴回家
忽略了道路的绵长和悠远
一遍又一遍朗读月光和森林

那一夜，我失眠
独自品味春风离去的迷幻气息
陷入一场——
宁静的易碎的回忆

唤　醒

夏日午后，重回故地
一座城市正被炎热的大军围困
阳光有些刺眼
一些陌生的事物在周围盘旋、飞舞

只能到水边，找些许清凉
多好啊，一个人
可以重温旧梦
于平静的水面想象曾经的幽深

也可以等等傍晚
静待入城的羊群
于渐渐逼近的暮色中
唤醒浩渺心事

小火车

小火车驶来——
夏日闷热的午后
我所触及的
只是一个遥不可及的梦

盘旋、穿越、前进
这一场必然的旅行
更多时候
是一场纠结的奇遇

一生中，就这样
坐看云起云落，就这样
静观一条小溪身体里隐藏的风暴
曾经多么强烈

小火车驶走——
我听到咔嚓咔嚓的声音
如夏天的锯齿
一点一点，切开
时间的刻度

照 亮

路过一所学校
我被一棵美丽的樱花树吸引
我仰头，看天
看有没有和我一样的云朵
飘在这灰茫的人世

我看到上学时潮水般的车辆
以及那些像花朵一样烂漫的孩子
他们，让我重又看到人间的阳光
把这个夏天最暖的记忆
重新照亮

回　望

那些年，上学，放学
都会经过这里
穿过一条河
放下洪水、泥沙与蝌蚪
让隐秘的耳语
随风而逝

一片小树林里
曾经荡起——
青春的风潮
一场春天的雨
让离去的黄昏
更加潮湿而空灵

一座遥远的桥上
修补过多少漏风的故事
孤单者，这熟悉之地
适合怀念、守望
此时的目光
足以让世界回到原初

秋天就要来了吧

秋天似乎要来了
我听到院子里的蝉鸣
漫天而来。闷热的夏天
将要撤离。一片一片叶子
落了下来。天空多么深秘
一片片移动的云影里
有你忧伤的微笑和低低的哭泣

这时候，只有绿草的气息
越过黏稠的空气扑向我
这时候，只有零星的记忆
越过岁月的长河围绕我

这是多么自然的指引——
秋天就要来了
许多飘落的黄叶
将涌向大地
而我，将在回家的路上
捡拾湿润的微笑和金黄的诗篇

写下一片菊

立秋时节，多么干净的蓝天和白云
故乡原野里，十万亩万寿菊
身着盛装，踩着轻盈的舞步
迎面而来

歌声停歇的高原之上
万籁俱静。这些大地上的花
灿烂得让人着迷
华美得令人战栗

这些来自遥远的墨西哥的妹妹
一路走来，染红了山川
迷乱了颜色。她们越过千山万水
最终落向故乡巨大的臂弯

写下一片菊
写下灿烂的笑容，美丽的腰身
写下远古的呼唤，金黄的火焰
也写下她们
布景于大地的安然

薰衣草的秋天

从法国南部普罗旺斯小镇出发
这个待嫁的女子，穿越大半个欧洲
沿丝路，经新疆
最终来到我所居住的城市

一如深蓝色的波浪起伏而来
亲水南街，阳光朗照
成片成片的花朵
闪耀在蓝天白云之下

躺在典农河畔的微风中
似乎整个秋天
都要以紫蓝为背景
让优美典雅的"香草之后"安卧于此

薰衣草的秋天
大地入眠。风从湖畔吹来
城市的边缘地带
我独唱松散的歌谣！

旷　野

秋天的旷野，阳光低矮到黄昏的召唤
风从塬上吹过，缓缓下沉的暮色中
一轮落日慢慢隐进——
晚霞泼血的天际

而我，只是沿着田间的沙石小径不断行进
梦里不再有高高的荒原
渐渐衰败的植物和庄稼
开始遮蔽绚烂的枝叶和青翠的层林
落日的余晖，红黄尽染的树叶
一起适应着秋天加深的节奏

异常清冷的旷野之上
我只想挽留最后的韶华和迤逦
尽力寻找一把闪光的银镰
收割最后的谷物和传说

从湖畔出发

七月，从湖畔出发
这里有微风、水草、初绽的荷花
有清晨的第一缕光线
有喷洒的水雾，青草沐浴晨光的觉醒
啊，这也许是深藏的秘密
当一颗心丰盈而充满活力
就让我与阳光为伴，与这些生长茂盛的草木
一起走过尘世的露水和苍茫

每日骑行，以爱万物之心
在三十多度的高温里，穿越街道、楼群、树林
像一匹奔跑的马，驮着梦想、温情、云影
以及疲惫的黄昏。我和我的生活
就这样，依次经过灵芝巷、黄河路、亲水街
最终沿宽阔的北京路，向东而去

七月。一场生命的奔跑就此开始
我向不断扑来的阳光和花朵问好
道路愈加宽广，深远。世间有博爱之心
一个人，终将找到
沉默和孤独之外的永恒归宿

偶　感

半亩方塘，一个人的早晨
吹笛人伫立湖畔，悠悠笛声伴点点鸟鸣
在一股股暖暖的白光中
开始了一天平凡的乐章

一池荷花，与片片绿叶相映
也许是整个夏天最美的礼物
缓慢消失的岁月中
有翠减红衰，亦有无情的分隔

当风起之时，身体如靠岸之堤
在生活的快和我的慢之间
该消弭爱恨。湖水沉静
把阳光托举在绿叶红花之上

向万物致敬

返乡之路，愈来愈美——
伴着明快的光线，穿过河流、山坡
迎面，便有烂漫的花儿
向我招手！

曾住的苦涩之路，钻进了消失的村庄
一场有节制的秋雨过后
空气异常清新，一个人沿着河谷走
感觉少年的时光犹在

该向万物致敬！故乡的原野上
有成熟的绽放和微笑
这秋天的一次郊游
照亮了已然远去的青葱年代

第五辑

尘世的消息

消　息

傍晚时分。一人独居
我将电话打给母亲
关机。第二次打过去
依然关机。只好将电话打给父亲
终于听到他们准备晚饭的声音

当我在城市的秋天守到最后
故乡县城，已经有了供暖的消息
风吹树木，黄叶断然飘零
荒原之上，我把奔跑和思念
交给了风

当风雨袭来，岁月蕴藏更大的秘密
栖居城市的枝头，亦如一只倦鸟
窗外阴云密布。父亲说——
老家今日晴好
无风，无雨

残阳如血

应该是雪，映衬最后的光线
医院的黄昏，如果可以，就出来走走
暂时逃离慌乱的住院部、拥挤的床位
一个人在院子里，看最后一缕夕阳
落向楼群和荒野

也有一丝壮观：残阳如血
似乎要凝固于天际
而此刻，我的心
在僵冷的风中
不由得，颤抖了一下

2018 年的最后几日

每天开车，从家到医院
随后便陷入一个更加匆忙的世界
像一座沉浮的大海，海面上
漂满搁浅的船只、翻飞的水鸟
以及呼救的人群

寒冷时日里
陪父亲聊天、挂针、如厕
看许多病人，挣扎于死亡线上
中药、西药、针管、吊袋
成为这里最抢手的事物

2018 年的最后几日，冬天尽显苍茫
翻卷的疾病疯狂肆虐
我和父亲一起虚度时光
静看一束鲜花
于病房的窗台上渐渐枯萎

冬　至

冬至，雪花飘零，寒风横扫一切
市人民医院挤满熙熙攘攘的人群
院子里草木干枯。荒芜之树
托举飞雪静舞

阴晴莫测的日子，迷蒙不堪
705 号病房内，除过父亲，还有一男一女
白色药液不断输入暗黑的血管
在这寒冷的日子里，生命慌在医院

医药的流水线上，混杂着苦涩之味
浓稠封闭的气息裹挟不同程度的伤痛
尘世漠然的表情中，但愿我们留住
最后的爱与痛

泌尿科

去医院看父亲的时候
要上住院部七楼
我和许多人一样
都是吃了父母的血汗长大
在亲人患病之际来到这里

泌尿科，连接着男人女人的身体中心
当我走进病房，医生正在给一位女人做检查
病床之间拉起的帘子在阳光中透出些许光亮
我们并不知道她患的啥病
父亲说他也不便问起

父亲和许多上了年龄的男人一样
因前列腺肥大住进泌尿科
要手术，要挂针，要换药，要消炎
这么疼、这么哭、这么挤、这么忙的地方
上演着人性本质与人间亲情的大剧

医院里

当我的手被钢铁重重砸伤
正是二月的一个下午
二月茫茫。我不得不住进医院
真切感受烙在冬天尾巴上的寒冷和疼痛

在医院里，我被砸折的手骨疼痛难忍
伤口被不断地包扎，我还要抱着这只受伤的左手
和病人们一起挤在昏暗的楼道里
等待针对身体的各种检查

一瓶瓶白色的药水滴进血管里，那么慢
许多痛苦的事情不断发生着——
救护车呼啸而过，响过住院部楼下
病房里呻吟着的人们，依然期待着命运的转身
医院的电梯中，不时会有患者被推向手术室或太平间
这个卧病的季节，在医院里
我和众多病人擦肩而过
有时候，我看见一些人掩面而泣
命运的天空下，我们都是微小的尘埃
在手术室惨白的灯光下
我们这些病着的人，都在奋力闯过生命的鬼门关

这原本陌生的地方，渐渐被我们熟悉
尘世巨大的痛楚中，我们感受着来自身体深处的疼
惊叫，呻吟，张望——
夜色深重，黑暗一再加深
而我们还在坚守
尽力眺望着医院的黎明和晨曦

活着多么不易。在医院里
我常常听到尖锐的呼喊
响在命运的旷野
许多时候，我都在想——
人们啊，为什么活着

2号病房

刚刚住进市医院骨科一病区2号病房
我就被安置在靠窗的那张床上
和我同室的是一个90岁的老人
因不小心跌倒摔折了左腿
巨大的疼痛，嘈杂的时光
就这样折磨着老人和我

十指连心，我被砸断的手掌骨锥心地疼
每天上午，几乎都会有大片的阳光涌进窗户
铺洒在发白的病床上，伴着不同药水渗进我虚弱的身体
待一个上午的药水挂完后，我会起身
守望病房外面的春天——
萧瑟的枝条上有时会落几只灰色的麻雀
忙乱的院子里挤满了病人、家属以及车辆
这也许注定了是一个守望的季节
慢慢的等待中
我感到了这个春天的残忍

2号病房，像一节车厢的一段
我在这里感受生老病死，时光之痛
我的病友在不断变换、增加

在我出院的前夕，我才知道

那位 90 岁的老人走了

一个衰老的生命走到了尽头

那么决然，不可回转

后来，病房里又住进一位遭遇车祸的女人

她的手被摔伤，血肉模糊

因为车祸伤者众多，她不得不安置到我所在的男病房

她沾满鲜血的手，连同丈夫、孩子的叹息

弥漫着整个病房的冰冷和沉寂

躺在病床上，她不断在说——

孩子马上上学了，我多想回去

是啊，在城市的工地上，她还要忙碌

她要挣钱供养三个孩子上学

从她的眼神中，我读出了一个女人的坚韧和疼痛

之后，病房里又住进一个农村青年

因喝酒玩耍摔断了脚腕

不得不和我一样接受手术

他朴实的妻子，耐心地守候着

这些清寂的日子，小两口恩爱有加

他们常会说起一些土地上的事情

我不时会加入进去，和他们一起

谈论田野、庄稼以及村庄的故事

是啊，这样一个残忍的春天
我知道，荒地上长着即将发芽的野草
悲凉的时光像冷雨一样淋湿我
这个隐忍的季节，我在苍白的病房里
守望诗歌，我看到——
朋友送我的那束鲜花在病房的窗台上
渐渐干枯，飘零。窗外的天色更加苍白
屋顶的残雪，连同静默的时光
正被尘世的风，猛然掀起

偶　遇

乡镇卫生院，一只幸福主义的猫
蹲在医生办公室的窗台上
那是夏天，窗外满目绿色
当许多人受命于疾病
来此寻医问诊，一只安详的猫
静观窗外，摒弃人间悲欢
它要学着遗忘，还是将很轻的目光
移向更远的人间？

去年的夏天稠密，多事
这是我下乡途中偶遇
朋友是医生，又是作家
我偶尔借宿于他的单人宿舍
和他探讨生老病死
那是住院部的二楼，夜晚的寂静中
偶尔也会有猫的尖叫
划过卫生院的空旷和哀恸

入冬以来

又一次驱车回到县城
当雪还没落下
我喜欢陪母亲坐在小小的庭院
听她讲村庄的故事——
姐姐远赴海南照看孙子
当特岗教师的侄女即将结婚
还有坡头上一个我已记不清的乡亲
被癌症夺走生命

人生如此简单
活着苦苦甜甜
当田野里的蔬菜绽露最后的青绿
我喜欢看一轮落日
缓缓隐进——
不断倒退的群山

初冬的灌木、杂草、河流
再次将我的记忆打捞
风从河畔吹来
此刻，我看不透
一弯冷水隐藏的秘密

漫漫尘世中
只有前世与今生的距离
越拉越长

春天不该是这样的

当白雪覆盖花朵，埋葬许多美丽的故事
我想，春天不该是这样的
它带来大风和寒冷，在春天的夜晚
亲爱的人，正在独自忍受季节的伤痛

杏花满地，白雪伤痕
一个人在春日的大地上行走
目睹许多美好的事物被风影响
我会感到难受、心痛

很想把那些青草还给山坡
很想把那些琴声还给耳朵
很想把那些鸟鸣还给乡间
很想把那些诗歌献给春天

但阴冷不散，寒风不散
周围和身边，充满灾难和痛苦
而真正的春天
距离我们还有多远

县医院之夜：父亲和我

85 岁的父亲因脑萎缩
又一次住进县医院。我于一个周末
返回县城。茹河结冰了
跨过安定桥，便可来到靠在老家山坡下的
县医院

当夜晚来临，住院部神经科的病房里
我和父亲厮守。父亲一改往日的安静和沉默
他焦虑、暴躁、易怒而又多疑
他甚至认不出我——
一个从远方归来的不孝之子

县医院之夜，是在我和父亲的撕扯中度过的
他不断要挣脱病床，冲向灰暗的楼道
我要一次次摁住他、抱住他
我多么想让他安静下来
但似乎都是徒劳

当黎明的天空泛白
父亲终于在安定药水的作用下睡去
我向窗外望去

一场雪——

早已覆盖不远处的山头

父亲哭了

一次家庭聚会，父亲谈到他的身世——
少年时便被过养给人家
看尽了白眼，受尽了委屈
常常是：别人吃饺子，自己吃土豆
那些年月，这种歧视
让父亲刻骨铭心，难以忘怀
这也是父亲一次次拒绝
将自己的孩子过养给别人的根本原因

哪怕再苦再累
父亲都要将自己的孩子抚养成人
这也是我们兄弟姐妹后来能考上大学的根本原因
每次说到这些，父亲就哭了
他说：在这块土地上生活了七十多年
但愿老了，还是把自己埋在
这块劳作了多年的土地里

给母亲洗头

母亲 83 岁生日前一天
故乡的庭院里，秋天的阳光缓缓落下
母亲躬下衰弱的身子
当我从脸盆捞起温热的水
只看见母亲花白的头发一根根滑落
我的泪水止不住盈眶

似乎这是第一次给母亲洗头
脸盆里的清水被流下的洗发液搅浑
毛巾抚过，一根根掉落的白发
如一根根弯曲的银针
扎向我的心头

小小的庭院里，一个个日子
正在老去。忙碌的岁月中
母亲将自己全部交给了
脚下的土地和深爱的
家

来　到

下午三点的公园，安静，寂寞
一个孤独的女人坐在长椅上沉思
一些不知名的花朵在树上绽放
除此之外，只有风
还在不知疲倦地吹

这个城市的春天
从一场沙尘暴开始
它来得突然，近于虚假
偶尔下雨
偶尔落雪
常常让我想到雪莱的诗——
冬天已来了，春天还会远吗

在这尘世间，我愿有一颗平常之心
爱清澈、高远的蓝天
爱干净、温暖的阳光
爱大自然里悄悄萌动的草木和花朵
也爱这个用心哭泣的
迷茫的春天

出生地

我出生的地方，那么小
小到时至今日，我还看不清
它姣好的面容和蜿蜒的身影
小到尘埃中翻飞的蝴蝶
带不走它的一缕缕乡愁

不会忘记这个出生地
它就叫河对面——
这样一个载着我的童年和血液的小村庄
这样一个满天星辰下温暖而亲切的小家园
在心灵的地图上
我会把它无限放大
像一朵火焰
撑开了华丽的翅膀
像一池春水
荡漾着迷人的涟漪

河对面，像围绕它流动的小河一样
曾经汹涌、澎湃
现在安静、温柔
有时候，我还会在梦里

看到一株株葵花

越过老家的院墙

伸向更高的天空

1994 年的自行车和沈家河

1994 年初夏，大学毕业前夕
我和同学鄢海林骑上飞鸽牌自行车
从学校出发，不断驶向郊区
乡村公路上，阳光浓烈，尘土飞扬
两个理想主义青年
试图穿越城市和乡村的神话
追寻心中的大海和火焰

沈家河水库，留下父亲当年劳作的身影
缓缓波动的水面上，野鸭和鱼群起伏
我和小鄢同学立于岸边，背靠自行车
看蓝天白云，与幽蓝的水面相互映衬
我们一起向着不远处的山峦呐喊
绵绵不绝的回声里
留下一个时代的剪影

如今，小鄢同学已在北京教书多年
教师节这天，与我微信相约
三十年后，我们期待再骑自行车
绕沈家河自由环行

陪父亲回老家

搬到县城，已经十年
以前能骑自行车回老家的父亲
因为骨关节疼痛，不能骑车
也上不了公交车
老家于他，可望而不可即

每次返县城，我都要开车陪父亲回老家
在十字街口，慌乱的车辆和人流中
父亲总是执着地指着老家的方向
我知道，父亲总是丢不下
他耕作过的那片土地

老家的山野里
一条弯曲的高速公路正被修建
父亲拄着拐杖站在山坡上
眺望着被切割的山体
挖掘机的轰鸣不断响起
父亲看着一块块即将毁掉的麦地
被土尘笼罩，他就会不住地叹息

掐苜蓿的女人

春风吹，典农河畔
万物复苏。那个掐苜蓿的女人
她一次次躬下身
她的手指，伸向苏醒的土地
她一边掐掉苜蓿刚刚露出的嫩芽
一边装进身旁的塑料袋里

这是四月，苜蓿疯长
苜蓿地上桃花灼灼
掐苜蓿的女人，让我给她和桃花拍照
红红的桃花映照两个熟悉的陌生人
掐苜蓿的女人，在河边和桃花合影
并留下幸福的笑容

她有两个孩子，一男一女
在省城的中学教书育人
这个从乡镇退休的女人
来到儿女工作的城市居住
闲暇时间，喜欢到郊外寻找熟悉的事物
譬如在春天，采摘翠绿的苜蓿芽
就会尝到一缕缕久违的乡情

奶牛养殖园区

一片荒滩之上
一座古堡的周围
散布着一个个奶牛养殖园区

在白土岗，我和一只只奶牛相遇
它们偶尔会停下吃料的嘴
抬头向我示意
一台挤奶机团结了众多的奶牛
它们拖着黑白相间的身子
心甘情愿地走向这台坚硬的机器

巨大的转盘中，奶牛们依次被挤奶
一个个，似乎卸下了重负
走向下一个站台

再还乡

驱车八百里，送父亲回老家
告别省城，忙乱的医院
光阴犹在
还可以赶上故乡的黄昏
县城的暮春依然美好
这条伴我长大的河流
有了更加温顺而辽阔的水面
青山犹在，只是炊烟消散
丁香弥漫更加诱惑的清香
桃花清朗，马兰展腰。河流的两岸
点缀闪烁的灯火，热恋的青春
在这慌乱的尘世
日子突然在此安静下来
草木临水而立，世界不再荒诞

多好啊，亲爱的茹河
当县城的夜色合拢
唯有你，依然向我张开——
温暖的怀抱

母亲节

花朵上盛放节日的思念
此刻，在城市一角，如果你想
看穿时光中这些寂静的灿烂
就需穿过风居住的街道
去对面的小酒馆，独酌
做一个光阴的囚徒。也可请求风
带一个怀乡之梦，回到母亲的家园

想想这些年，在县城安定桥头
母亲一次次守望我的回归，又一次次
目送我的车子不断奔向远方
她瘦弱的身子，如一根稻草
在不留意的风中飘摇

如今，母亲守着县城里的小小院落
坚硬的水泥地无法生长蔬菜和庄稼
在母亲的字典里
只有儿女们的乳名
被她一次次雕刻，唤醒

关　闭

七月，洮河水还没有涨起来
田野里长满绿色的蔬菜
和渐渐丰满的玉米
我们坐在田埂边，听流水讲述过往
老人的新坟已经落成
土匠们坐在坟头饮酒
生与死即将达成最终的和解

神灵一样的风说来就来
山坡上的狼毒花开得更加旺盛
当唢呐响起，送葬的队伍
护送着阳光滑过的棺木
被一条长绳牵引
鞭炮炸响，这人世的门
将随着暗藏的风霜
对一个人永远关闭

只有故乡还在原地等着

午睡的民工。城市。高楼
他们像鸟一样栖息在钢筋混凝土的肩头
我也像他们一样
从乡村出发，在文字中劳作
一步一步，从县城到省城
夹杂着方言的普通话，梦与梦之间的彷徨
似山崖间那些不起眼的小树
在尖缝中生长、突围、长高

想家了，就站在别人的工地上歌唱
夜晚的梦中，常被亲人的消息惊醒
伫立的钢铁丛林，潮水般的车流
独居异乡的落寞、孤独
这些都裹挟着浓浓的乡愁
缠绕在城市的出租房

只有故乡还在原地等着
像它的萝卜片、土豆丝、玉米面馍一样诱人
在遥远的山坡、河对面
在熟悉的田野、杏树林
故乡啊故乡，我要收集这些漂泊的日子

将它们整理、包装、封存
我要在大雪来到的城市
走向命中的邮局
将它们一一寄回

在县城

沿着一条熟悉的街道漫步
似阅读一副对仗工整的楹联
我和冬天的阳光一起行走
想曾经的老书店、老饭馆
读过书的学堂，盘旋在天空的飞鸟
想我们嘴对嘴各咬一半的水果糖
手刻的蜡纸上稚嫩的诗行
油印小报上涂抹的青葱岁月

都那么难忘。在县城
独自穿过育红巷
多次住过的宾馆，渐渐扩大的广场
一条即将结冰的河流
变瘦变小，不远处的坡地上
是渐渐入睡的荒草和阳光

这个安静如初的下午
我只愿待在县城
看母亲在阳光穿透的客厅为鞋垫绣花
许多事物开始冬眠
我只愿守在母亲身旁
尽享温暖时光

听从一群鸟的召唤

傍晚，我还在穿越德馨公园
晚霞像泼出的火团
脚下的一群蚂蚁背负着森林和苍天
在夏日的园林里
我独自听从一群鸟的召唤

鸟儿尖叫、歌唱、嘶鸣
似乎给了我巨大的安慰
在这座没有亲人的城市里
我独自感受着一个省的孤独和寂寥

只能听从一群鸟的召唤
在夜幕来临之际
我将继续穿越
我将继续聆听群鸟的歌唱
力求让自己更加安静下来

致　意

夜，让我再次沉默
静静的大海边
我只撞见自己
沉默于无边的静寂和谎言

当一点点灯光渐次升起
我只想念故乡的雪，纷纷扬扬
落在塬上、山上、河上
忆及你的真实、自然
宽厚、柔美、细腻、温暖的词语中
我要记下这短暂的美
一如多年前遗失的诗稿
散落在深深的误会中

在这苍白的人世
愿我们彼此珍重
道路的尽头仍是茫然
当夜晚的月光落下来
我会在心中向你挥手致意
一朵冰雪融化的笑容
就是这个冬天最为真诚的祝福

雪打灯笼

雪打灯笼。故乡的年
在寒风的低语中，沉浸于雪的安详与寂静
麻雀于雪中藏身，牛羊也是
一棵固执的树坚守于漫漫风雪
承担着举向天空的热爱

雪后，我更愿意回到炉火间
回到文身的土地和亲人的身旁
翻一册旧书，煮半壶黄酒
漂白的记忆中，有大雪笼罩的浓浓年味
雪地上滚打的身影，成为生命中
温暖的场景和本真的模样

菜市场

清晨的菜市场，是我喜欢去的地方
我迷恋，带着露水的蔬菜和水果
你们，从乡下来到城里
像我老家的亲戚
一个个带着泥土和水分
像摘下的一朵朵微笑
堆放在街道的两旁
是我心中的鲜美之物

在这里，我愿和你们一一相握
在故乡的田野里
你们发芽、长高、成熟，历经风雨
以丰满的身姿立在午后的斜阳中
还不到深秋，便被连根拔起
带着田间的泥土
跃上进城的车辆

许多时候，我愿抱着你们回家
于庸常日子里
品味来自故乡纯朴的味道
许多时候，你们一直是
与我相伴的至亲和骨肉

苦杏仁

你走的时候，正是杏子败落的时节
我记得，灯盏山上野草茫茫
一望无际的山野里
风还在吹
一颗动荡的心
无法融入火热的生活

向往那些青涩的岁月
想你天真的笑。想那些酸掉牙的青杏
那些杏花开放的季节
你会来到身旁。四月的风儿轻柔
田野复苏，好吃的小杏仁
让我的心，杏花一样开放

而你走后，漫无目的的行走中
我独自品味苦杏仁
吱吱呀呀的冬天里
是雪，让凝固的泪水
沙沙飞舞

抱回一盆花

夏日午后，在悦海新天地
微风吹着燥热的空气
成群的高楼下，许多车在穿梭
我看见枕水巷里那个三轮车上的卖花人
已经在狭窄的驾驶室里熟睡

我被满车的花草吸引
抱起一盆满天星，仔细端详
巷里巷外，是低矮的尘世
以及阳光下不断起伏的漫漫时光

叫醒你，老伙伴
我要抱回这盆花
在炎炎夏日
需要这盆满天星
点缀闷热而枯燥的日子

烤红薯的老人

小区门口，烤红薯的老人
戴着棉帽，于飘雪的午后
不断从那个旧油桶改造的烤箱里翻转红薯
不断把一个个烤好的红薯打量、摆放

寒冷的风吹刮着烤箱里不断升起的烟火
烤红薯的老人，于一团团火焰中
烧烤自己。他等待着一批批放学的孩子
等待着黄昏、黑夜
那些晚归的人
在经历一天的奔波、操劳后
能吃上烤熟的红薯

这一小片人间

在云端，我要透过机窗
俯视这一小片人间——
大海、岛屿、楼群、满山的植物
我要对你们说出爱
从冬天飞到春天，一颗干燥的心
需要润湿、萌动、发芽

别问我的故乡在哪里
我要像鹰一样飞
从高处远观大海的上空
那些自由生长的事物
飞翔的哲学远走他乡
当机翼一次次犁开纷乱的云层
一次次的下沉都让我感到天空的高远和开阔
宛若大地，而大地之上的人间
承载着动物、植物、人类及生命的汁液

众多的村庄、城镇、物事于大地上沉浮
人世蕴藏的诡秘、温暖、对抗、仇恨
这一切，构成纷繁的生命图景
也让我们置身其中，深感迷茫和困惑

哦，这一小片人间啊

生死之间，乡音喃喃

就让我们张开双臂，共同拥抱

这充满着阳光、雾霾及风雨的人间

留住一个梦（代后记）

杨建虎

一

我知道我是在春天来到这个世上的，那是四月——"四月是最残忍的一月，荒地上长着丁香，把回忆和欲望掺和在一起，又让春雨催促那些迟钝的根芽"，艾略特的这几句诗，永远烙在我灵魂的底版上。

在又一个悄然来临的四月里，我会更加刻骨铭心地回忆故乡和童年，故乡山野里小草的抽芽之音触动我的灵感，瘦小的河水流淌在春天的魂梦里，而一天天衰老的母亲还在老家的庭院里侍弄着繁盛的菜园，她永远的呵护和关爱，宛如锄头下那片深沉的土地，散发着清新、芬芳的气息。

二

习惯于坐在阳台上阅读，沐着暖暖的阳光，在盆花的陪伴下，顺从于自然的爱抚和恩赐。像一只羊一样，于宁静的山坡上，啃食青草和阳光，没有绝望，没有乞求，心中有光，有暖，有爱，如此甚好。

三

我的诗歌写作源于阅读和生活，上小学时开始读唐诗宋词；上中学时，读徐志摩、戴望舒之外，也读歌德、聂鲁达，当然也读到了海子、昌耀。在发黄的笔记本上，歪歪斜斜写下最初的诗句和少年的生活，这些稚嫩的句子，如春天刚刚发芽的草木，留存于旷野笔记，永在心中！

后来上大学中文系，我较为系统地学习了中国文学和外国文学，我的老师大多是从北大、北师大、复旦等名校毕业的老牌大学生，有幸得到他们的言传身教，我开始了真正意义上的阅读和写作。大学期间，我的诗歌纷纷在《大学生》《飞天》《绿风》《黄河文学》《朔方》《青年文学》等刊物发表，极大地满足了我的虚荣心和创作的欲望。

在诗歌阅读上，最初打动我的大概是印度诗人泰戈尔吧，上中学时我把泰戈尔的诗集《吉檀迦利》《飞鸟集》《园丁集》，一句一句抄在笔记本上，在无数个清晨和夜晚，独自阅读，享受着无法说清的愉悦和幸福。以后便撞进歌德、聂鲁达、惠特曼、帕斯、里尔克的世界。尤其是里尔克，他让我达到了心灵上的一种默契，我感到了现代诗歌的神秘气息。那是一种忧郁的神秘，让人着迷又感到意外。后来，俄罗斯"白银时代"的诗人又给我的灵魂带来了无比的欣悦和顿悟，如索罗维约夫、茨维塔耶娃、曼德尔施塔姆、帕斯捷尔纳克等人的诗，都给我的诗歌观念带来了冲击。当然，除了外国诗人的影响外，中国诗人的影响也是潜在的，从《诗经》到唐诗宋词到现当代诗歌，如一条蜿蜒的河流冲刷着我精神的河床。记得上大学时，我能将《诗经》中的上百首诗歌背诵下来。

四

越来越迷恋大自然的美，一缕清晨的光线，一声清脆的鸟鸣，一片广阔的田野，一棵开花的梨树……一片大海，一册山河，一年四季的变换和轮回，这些都会触动一颗敏感的心。

我愿我的诗歌以特有的韵律和节奏记下这些动人的瞬间，这些天然的、本真的美。在诗歌写作中，只愿忠实于自己的内心，不想去迎合那些时尚的潮流、多样的技巧和功利的追逐，只愿自己的诗歌来自真情，取自日常的生活经验和感受，就像进入清晨的公园，挂在花草树木之上的清澈露水，在人间，晶莹闪亮。

五

几乎每次回故乡，我都怀着乡愁。那村庄、河流、树木、飞鸟，都使我油然而生赞美之情。也许只有诗歌，才能表达这种内心难掩的冲动。

尤其是见到我日渐苍老的父亲、母亲以及古老的窑洞和毛色苍黄的牛，我的心中就会泛起一阵隐隐的疼痛，我感到苍茫和伟大。在巨大的孤独中，我贫穷的思想正被家园之手轻轻抚摸，我渐渐感到了疲倦、忧伤和幸福！而四季的轮回、风吹的方向、庄稼的生长、大地上的秋天成了我诗歌中的永恒意象。我如是写着、想着，在与我生命有关的黄土高原之上，时时有种沉重感和苍凉感裹挟着我的灵魂，使我在永不熄灭的传奇中眺望西海固的壮美！

六

灵感犹如闪电，有时会突然袭来。

当它划过心灵的天空，请抓住它。

这是一切将要打开的时候，请以自己的诗句留住它划过的痕迹。

七

苏联抒情散文大师康·帕乌斯托夫斯基在《金蔷薇》一书中写道：作家的写作不是一种墨守成规的手艺，也不是一种行当。作家的写作是一种使命。

在诗歌写作中，更不能去做一个墨守成规的匠人，而是要听从心灵的召唤，不断磨铣自己的语言，在心灵的田园里，期待收获精神的叶片和果实。

八

优美的诗歌可以留住一阵回声，留住一个梦。它可以让我们永远行进在追寻美的道路上。

在西北，我仍然固守着这最后的阵地，在日渐浮躁的世俗世界里，我仍然十分迷恋诗歌所带来的美，这美可以使人达到不可言说的愉悦和战栗。这美使人觉得人类还有理想，还有一点精神的期待。因此，写诗依然代表着我的梦想和焦虑。让诗歌回到生活，让我努力获得表达和解释生活的权力，在细节的真实和虚幻中，我希望表现向下的生活和向上的人性。

九

在今天，诗意的丧失，似乎已经成为不争的事实。很少有人坐下来磨炼自己心中的诗歌，很少有人来关心曾经感动过我们的诗人和诗歌。高科技和工业文明正以其精湛的视听技术掠走了人们的眼睛和耳朵，很少有人会充满激情地进入诗的栅栏而歌而舞了。而一批诗人们玩弄形式，玩弄语言，倾向于媚俗，这一切使人越来越厌烦。在我看来，诗歌就是诗歌，永远是高贵而又神圣的，我在诗歌写作中最基本的态度是远离诗坛、接近诗歌。我觉得，一个好的诗人，他会排除一切非诗的因素，对日常生活保持敏感和发现，努力让自己的诗歌插上翅膀，飞翔起来。在热爱生命的源头，永葆心灵的激情，这样才不至于迷失自己，才不至于糟蹋诗歌。

十

事实上，诗是对生存和内心的醒悟，是情感和语言的双重冒险。磨铣诗歌，重要的是要捍卫语言的尊严，应该追求诗歌语言表达的更多可能性，让语言发出光芒，让诗歌呈现生命的奥秘。

写了多年诗，断断续续地，在节奏起伏的语言里跌打滚爬，我更加相信，诗歌是语言的一种纯粹诉说，是灵魂深处不断显现的语言的舞蹈使我拥有了极致的美，是语言对陌生和未知事物的切入使我拥有了更加贴切的梦想。是诗歌常常温暖着我们在现实中遭受寒冷的心灵。我甚至认为，诗歌就是流动的语言的音乐，它可以清洗我们日渐世俗日渐生锈的心灵。

语言其实是多么高的一种存在啊——用好手中的笔，让语言发出声音，让语言浸着人类的思想和情感一起飞翔吧。俄罗斯诗人亚历山大·勃洛克在评价和他同时代的一些画家时曾说："他们对待语言像对待自己的孩子一样，从不恶意地利用他们，总是十分温和，他们比较喜欢关于色彩和线条的具体概念，所以，他们能够以通俗的、孩子似的，因而崭新又新鲜的语言来传达被作家们埋葬在灵魂深处的那些陈旧的怨辞。"是的，让语言呈现更新的姿态和光芒，让语言发出不俗的声音，这是诗人的一种追求，一种责任。

语言其实是一只鸟，它可以飞翔在更加高远的天空，也可以栖息在哲学的枝头，留下明澈的影子。赋予语言以眼睛，让它搜寻光明和真理，让它更富色彩和质感，让它鲜活、干净而又富有经验，这需要诗人付出多大的努力！

十一

诗歌，永远是我们内心深处的事情。

希腊诗人埃利蒂斯说过："我认为诗歌是充满革命力量的纯洁之源，我的使命就是诱导这种力量，来反对我良心上所不能接受的世界。"是的，在诗歌理想和泛滥的物质面前，让我们共同尊崇纯正的诗性精神，让我们守住心灵的这片芳草地，舍此而外，我们还能干些什么？

十二

我是一个渴望自由的人，我常常一个人仰望天空中的飞鸟而陷入遐想。或许命定了我是一个可怜的理想主义者，但骨子里的感伤、软弱和善良却只教会了我对生命的敬畏和珍重。而写作，在很大程度上是一种心灵的需要。冥冥之中，我感到诗歌是一种飞翔的事物，它负载着我的爱情、梦想及灵魂的内在需要。写诗，是我苦苦追寻的另一种生活方式。

在持续的写作中，我常常感到孤独、忧郁和虚空，灵魂的屋顶缺少瓦片，雨水不久便滴落于心头。这种时候，我就很不明白写作的终极目的到底是什么。所以我想，真正的写作不为什么，它大概就是由于心灵的需要。在伟大的生命的故乡，我祈求诗的诞生。后来我欣慰地发现，我的写作和人民的生活、普通的思想以及人类的向上有了一定的联系。我想我是在感受着另外一种呼吸，就像里尔克说的那样："在真理中歌唱是另一种呼吸，它不为一切，它是神灵，是一阵风。"

十三

在某种意义上来说，诗歌就是灵魂的托付和需求，对我而言，诗歌是生命存在的一种重要方式。尤其在这样的春天，我该为自己的怀念埋下伏笔。一如细雨悄悄打在窗上，其实是情感的一种依托，我希望安静地生活，安静地写作，像春天的雨水一样，轻轻洒向无声的大地。

是的，文字多么美，多少人在追寻文字的身影，那是暗香中的梦影，是鹰眼中的词语，是人类永恒的珍爱。为了面对灵魂中巨大的存在，多少次，我在阳光中寻找温暖的诗意和爱。

十四

该继续捧住手中的书，握住手中的笔，我需要寻找一种语言方式的建立和一些优秀思想的渗入。我愿让自己的笔插进泥土，让文字插上翅膀，这时候，我甘愿做文字的俘虏，在光明与黑暗、纯净与混沌、理想与现实之间，我寻找生命存在的目的和意义，以期创造新的语言秩序，新的诗歌的境界，新的人生的光亮，让痛苦的、美好的记忆有源，让深藏的内心生活焕发生机……

十五

我所居住的西部城市银川，地处贺兰山下，黄河岸边。当春天来到，不远处的贺兰山上，隐隐约约可见雪的影子。而一条大河已然解冻，流向更远的地方。

在这样的季节里，深爱着的诗歌依然和我瘦影相随，它陪伴着我，让我在茫茫的人间渐渐摆脱了虚无和苍白，使我的生命在尘世的飘摇与灾难的重压下重新看到光芒。

十六

是的，我们必须恪守寂静之途，不能让夜色吞噬掉我们心灵深处的爱与光明。我们需要追求生活的朴素与崇高之美，向着纯粹的诗意领地进发，在精美语言和高贵思想的引领下，不断向灵魂深处掘进。在时间的秘密花园里，我们继续劳作和眺望，在语言能够抵达的辽阔世界里，保持永远的爱恋，得到内在的启示，使诗歌对生活负责，与生命相伴，不断倾听万物的回声，以此表达自己的美学态度和人性的幽微，向着更远的地方，寻找独特的精神呈现……

2023 年 4 月于银川湖畔居

图书在版编目（CIP）数据

时间的秘密花园 / 杨建虎著.-- 武汉 ：长江文艺
出版社，2023.12
ISBN 978-7-5702-3336-6

Ⅰ. ①时… Ⅱ. ①杨… Ⅲ. ①诗集－中国－当代
Ⅳ. ①I 227

中国国家版本馆 CIP 数据核字（2023）第 186681 号

时间的秘密花园
SHI JIAN DE MI MI HUA YUAN

责任编辑：谈　骁　　　　　　　责任校对：毛季慧

封面设计：璞　间　　　　　　　责任印制：邱　莉　　王光兴

出版：　　长江出版传媒　　长江文艺出版社

地址：武汉市雄楚大街 268 号　　　　邮编：430070

发行：长江文艺出版社

http://www.cjlap.com

印刷：湖北新华印务有限公司

开本：880 毫米×1230 毫米　　　1/32　　印张：6.875

版次：2023 年 12 月第 1 版　　　　2023 年 12 月第 1 次印刷

行数：3690 行

定价：58.00 元